हिन्द पॉकेट बुक्स

लोकप्रिय सूफी सन्त कवि

अमीर ख़ुसरो

अबुल हसन यमीनुद्दीन अमीर ख़ुसरो चौदहवीं सदी के लगभग दिल्ली के निकट रहने वाले एक प्रमुख कवि, शायर, गायक और संगीतकार थे। उनका परिवार कई पीढ़ियों से राजदरबार से सम्बंधित था। स्वयं अमीर ख़ुसरो ने आठ सुल्तानों का शासन देखा था। अमीर ख़ुसरो प्रथम मुस्लिम कवि थे, जिन्होंने हिंदी शब्दों का खुलकर प्रयोग किया है। वह पहले व्यक्ति थे जिन्होंने हिंदी, हिन्दवी और फारसी में एक साथ लिखा। उन्हें खड़ी बोली के आविष्कार का श्रेय दिया जाता है।

उर्दू के लोकप्रिय शायर

अमीर ख़ुसरो

प्रकाश पंडित

हिन्द पॉकेट बुक्स
पेंगुइन रैंडम हाउस इम्प्रिंट

हिन्द पॉकेट बुक्स

यूएसए। कनाडा। यूके। आयरलैंड। ऑस्ट्रेलिया। सिंगापुर
न्यू ज़ीलैंड। भारत। दक्षिण अफ्रीका। चीन

हिन्द पॉकेट बुक्स, पेंगुइन रैंडम हाउस ग्रुप ऑफ़ कम्पनीज़ का हिस्सा है,
जिसका पता global.penguinrandomhouse.com पर मिलेगा

पेंगुइन रैंडम हाउस इंडिया प्रा. लि.,
चौथी मंजिल, कैपिटल टावर -1, एम जी रोड,
गुड़गांव 122 002, हरियाणा, भारत

पेंगुइन
रैंडम हाउस
इंडिया

प्रथम हिन्दी संस्करण हिन्द पॉकेट बुक्स द्वारा 2006 में प्रकाशित
यह हिन्दी संस्करण हिन्द पॉकेट बुक्स में पेंगुइन रैंडम हाउस द्वारा 2021 में प्रकाशित

10 9 8 7 6 5 4 3 2

ISBN 9789353490485

मुद्रकः रेप्रो इंडिया लिमिटेड

www.penguin.co.in

FSC
www.fsc.org
MIX
Paper from
responsible sources
FSC® C047271

This is a legitimate digitally printed version of the book and therefore might not
have certain extra finishing on the cover.

क्रम

अमीर ख़ुसरो

जीवन-कथा

"मेरी औलाद में एक तुम्हीं हो गयास[1], जिसे अपने बाप की तरह शायरी का शौक़ है। मुझे पूरी उमीद है कि तुम भी एक-न-एक दिन मेरी तरह नाम पैदा करोगे। मैंने तो अब जो कुछ करना-धरना था, कर चुका हूं। सत्तर बरस का हो चला हूं। जाने कब बुलावा आ जाए!" अमीर ख़ुसरो ने कहा।

"नहीं अब्बाजान, ऐसा मत कहिए। अभी तो आपको बहुत कुछ करना है।" गयासुद्दीन ने टोककर अपने पिता को ढारस बंधाने की कोशिश की।

"नहीं गयास, अब जी भर गया है इस जहान से। लिखने को भी अब कुछ नहीं रह गया। 'तुग़लकनामा' जो हाल में लिखा है, बस, यही आख़िरी किताब होगी मेरी।...हां, तो मैंने आज तुम्हें एक ख़ास मतलब से बुलवाया था..."

"फ़रमाइए अब्बाजान! मेरे लायक़ कोई ख़िदमत?"

"नहीं बेटा, ख़िदमत नहीं, मैं तुम्हें आज कुछ नसीहतें करना चाहता हूं। उमीद है, तुम उन्हें ध्यान से सुनोगे और उन पर अमल भी करोगे।"

1. गयासुद्दीन अहमद अमीर ख़ुसरो का बड़ा पुत्र था। उससे छोटे दो और भी थे– ऐनुद्दीन अहमद और यमीनुद्दीन मुबारक़। ख़ुसरो के ग्रन्थों में उनकी एक पुत्री का भी उल्लेख मिलता है, परन्तु उसका नाम नहीं मिलता।

"हुक्म कीजिए अब्बाजान! मैं सुनने से पहले ही वादा करता हूं कि आपकी हर नसीहत पर पूरी तरह अमल करूंगा।"

ख़ुसरो कुछ सोचकर कहने लगे, "नहीं, ज़रा ठहरो...नसीहतें बाद में...पहले मैं अपनी बीती ज़िन्दगी का खुलासा हाल एक बार फिर सुनाना चाहता हूं। हालांकि तुम पहले ही कई बार सुन चुके हो, लेकिन इस बार मैं एक ख़ास मक़सद से कुछ ख़ास-ख़ास पहलुओं पर रोशनी डालना चाहता हूं।...पिछली सदी के शुरू के दिनों मेरे अब्बा यानी तुम्हारे दादा हुज़ूर अमीर सैफ़ुद्दीन मुहम्मद तुर्कों के लाचीन क़बीले के एक सरदार थे। मुग़लों ने इस क़बीले पर और ख़ास तौर पर अब्बाजान पर बहुत ज़ूल्म ढाए। एक दिन वह तंग आकर अपना मुल्क छोड़ हिन्दुस्तान आ गए और एटा ज़िले के पटियाली नाम के गांव में बस गए। इत्तफ़ाक़ से उन्हीं दिनों सुलतान शमसुद्दीन अल्तमश के दरबार में अब्बाजान की पहुंच हो गई। लड़ाकू जवान तो वह थे ही, सूझ-बूझ भी तगड़ी थी। सुलतान को भा गए। उसने उन्हें सरदार बना दिया। सरदार बन गए तो नवाब इमादुल मुल्क़ की बेटी से शादी हो गई। फिर पैदा हुए हम तीन भाई। एक मुझसे बड़े और एक छोटे। बड़े इजदुद्दीन अलीशाह[1], छोटा हिसामुद्दीन कुतलग़। मेरा नाम मेरे वालिद ने रखा था अबुल हसन। मेरी पैदाइश हिजरी सन् 653[2] में हुई थी। पैदा तो मैं पटियाली गांव में ही हुआ था, लेकिन वहां रहा सिर्फ़ चार बरस तक। अब्बाजान मुझे अपने साथ दिल्ली ले आए थे। ख़ुद तो पढ़े-लिखे न थे, लेकिन मुझमें उन्होंने ज़रूर कुछ ऐसा देखा होगा कि मैं कुछ बन सकता हूं, इसीलिए मेरी पढ़ाई-लिखाई का शुरू से ही उन्होंने ख़ास ख़याल रखा। जो भी अच्छे-से-अच्छा

1. इजदुद्दीन अलीशाह भी अरबी-फ़ारसी के विद्वान थे। परन्तु छोटे हिसामुद्दीन कुतलग़ को पढ़ने-लिखने में कोई रुचि नहीं थी। उसने अपने पिता की तरह सैनिक जीवन का ही चुनाव किया।
2. हिजरी सन् 653 (ईस्वी सन् 1253)

इन्तज़ाम वह कर सकते थे, उन्होंने किया। काज़ी असदुद्दीन मुहम्मद के मकतब में मुझे पढ़ने डाल दिया। चार साल तक मैं इसी मकतब में पढ़ा। फिर अब्बाजान ने मुझे ख़्वाजा निज़ामुद्दीन औलिया का मुरीद (शिष्य) बना दिया। उन दिनों भी यह माने हुए सूफ़ी सन्त थे। जिस वक़्त अब्बाजान मुझे लेकर वहां गए तो मैंने दरवाज़े पर रुककर उनसे पूछा — 'हम यहां किसलिए आए हैं?' वह बोले — 'तुम अब यहीं तालीम हासिल करोगे। ख़्वाजा निज़ामुद्दीन औलिया बड़े पहुंचे हुए सूफ़ी सन्त हैं। तुम इन्हीं के मुरीद बनोगे।' मैंने पूछा— 'मुरीद क्या होता है?' वे मुझे समझाने लगे — 'मुरीद होता है इरादा करने वाला। इल्म हासिल करने का इरादा करने वाला।' मैं झट बोल पड़ा — 'मगर मेरा इरादा किसी का मुरीद बनने का नहीं है, अब्बाजान! आपने जाना है तो अन्दर जाइए। मैं यहीं दरवाज़े पर बैठा रहूंगा। आप हो आएं।' फिर..."

"फिर क्या हुआ अब्बाजान?" गयासुद्दीन ने उत्सुक होकर पिता को बीच में ही टोक दिया।

"फिर हुआ यह कि अब्बाजान अकेले ही अन्दर चले गए। मैं बाहर बैठा रहा। बैठा-बैठा मैं सोचने लगा कि ख़्वाजा निज़ामुद्दीन औलिया अगर ऐसे ही पहुंचे हुए हैं, तो मेरे दिल की बात बिन कहे ही क्यों नहीं समझ सकेंगे? और अगर वह बिन कहे ही समझ सकते हैं, तो फिर उनके सामने जाकर बात कहने की ज़रूरत ही क्या है? मैंने ठीक ही किया, जो अन्दर नहीं गया। यहीं बैठा-बैठा दिल-ही-दिल में सोच लेता हूं बात। फिर देखता हूं कि सन्त औलिया जान पाते हैं कि नहीं।"

"तो आपने उस वक़्त अपने दिल में क्या सोचा था?"

"सोचा क्या, बल्कि मैंने दिल-ही-दिल में सन्त से पूछा था कि मैं अन्दर आऊं कि बाहर से ही लौट जाऊं।"

"तो फिर? क्या वाक़ई सन्त ने जान लिया था कि आप बाहर बैठे क्या सोच रहे हैं?"

"हां बेटा! जान लिया था औलिया ने। जानी-जान हैं वह तो।" भाव-विभोर हो जाते हैं ख़ुसरो यह कहते हुए।

"पर अब्बाजान, आपने यह कैसे जाना कि वह जान गए थे?"

"ऐसे कि थोड़ी देर के बाद क्या देखता हूं कि अन्दर से औलिया का एक ख़िदमतगार मुस्कुराता हुआ मेरी तरफ़ आ रहा है। आकर उसने मुझसे कहा — 'ख़्वाजा साहब ने कहलाया है कि जो कुछ तुम अपने दिल में मुझसे पूछ रहे हो, वह मैंने जान लिया है और उसका जवाब यह है कि अगर तुम सच्चाई की खोज करने का इरादा लेकर आए हो, तो अन्दर आ जाओ। लेकिन अगर तुम्हारे दिल में सच्चाई की जानकारी हासिल करने की तमन्ना नहीं है, तो फिर जिस रास्ते से आए हो उसी से वापस लौट जाओ।[1] यह सुनकर मैं सन्न रह गया।"

---

1. ख़्वाजा हसन सानी नामक एक शोधकर्ता ने अपनी पुस्तक 'तज़किहद-ए-ख़ुसरवी' के पृष्ठ 9 पर इस सन्दर्भ में यह कहा है कि बाहर बैठे ख़ुसरो ने फ़ारसी में यह पद अपने मन में सोचा था —

तू आं शाहे कि बर ऐवाने कसरत, कबूतर गर नशीनद बाज़ गरदद।
गुरीबे मुस्तमंदे बर दर आमद, बयायद अंदरू या बाज़ गरदद॥

अर्थात – तू ऐसा शासक है यदि तेरे महल के कंगूरे पर कोई कबूतर आ बैठे तो वह बाज़ बन जाए। तेरे दर पर एक अकिंचन खड़ा है। वह अन्दर आए कि बाहर से ही लौट जाए? ख़ुसरो अभी यह पद सोचकर चुके ही थे कि भीतर से सन्त के सेवक ने आकर सन्त का यह पद-सन्देश उसे सुनाया—

बयायद अंदरू मरदे हक़ीक़त,
कि बामा यकनफ़स हमराज़ गरदद।
अगर अब लह बुआद आं मरदे नादां,
अजां राहे कि आमद बाज़ गरदद॥

अर्थात – ऐ सत्य के खोजी, भीतर आ जाओ ताकि कुछ काल तक हमारे भेद जान सको। पर अगर आगन्तुक को ज्ञान की खोज नहीं है और वह अज्ञानी है, तो वह जिस मार्ग से आया है उसी से वापस चला जाए।

"फिर?"

"फिर क्या! मैं लपक गया अन्दर और जा लिपटा उनके क़दमों में। बन गया उनका मुरीद। तब से आज तक यही ख़्वाजा निज़ामुद्दीन औलिया मेरे पीर हैं। जिस दिन मैं इन्हें पीर बनाकर घर आया था, तो एक अजीब नशा-सा छाया हुआ था मुझ पर। झूम रहा था मैं। नया ही रंग चढ़ गया लगा था मुझे अपने-आप पर। अम्मीजान के सामने पहुंचा तो गुनगुना उठा था — 'ऐ मां रंग है...मैं पीर पाया निज़ामुद्दीन औलिया... आज रंग है...'

"अब्बाजान, उस वक़्त तो आपकी उम्र आठ साल की थी। तो क्या आठ साल की उम्र से ही आपने शायरी करनी शुरू कर दी थी?"

"नहीं बेटा, वह शायरी नहीं थी, बस एक झूम थी...मस्ती की झूम और उसी झूम में रंग फूट पड़ा था कुछ लफ़्ज़ बनकर।"

"जो हो, बन तो शायरी ही गई!"

"अब जो भी समझ लो। कुछ ही कह लो। पर हां, उन दिनों मैं कुछ-न-कुछ सोचने-कहने ज़रूर लगा था। फिर सत्रह बरस की उम्र तक पहुंचते-न पहुंचते दिल्ली के शायरों में गिना जाने लगा था। गला मेरा सुरीला था, इसलिए भी मेरी चीज़ें महफ़िलों में ख़ासी जमने लगी थीं। उन्हीं दिनों की बात है कि एक बार सुलतान बलबन के भतीजे मलिक अलाउद्दीन मुहम्मद कशाली खां मेरी कुछ चीज़ें सुनकर बहुत ख़ुश हुए। वह छज्जू के नाम से भी मशहूर थे। ख़ुश हुए तो मुझ पर मेहरबान हो गए। मुझे अपने दरबार में रख लिया उन्होंने। इस तरह मैं छज्जू के दरबार में शामिल हो गया। मैं उनकी तारीफ़ में क़सीदे लिखता रहा। वह मुझे ख़ासी रक़में इनाम में देने लगे। दो बरस तक मैं उनके यहां रहा।"

"छज्जू का दरबार आपने क्यों छोड़ दिया था, अब्बाजान?" गयास ने उत्सुकता प्रकट की।

"छोड़ना तो नहीं चाहता था, मगर छोड़ना पड़ा था।"

"कैसे?"

"एक रात की बात है," ख़ुसरो कहने लगे, "छज्जू का चचेरा भाई यानी सुलतान बलबन का छोटा बेटा बोगरा ख़ां आया हुआ था। छज्जू की महफ़िल जमी हुई थी। मैं उस महफ़िल में अपनी ग़ज़लें पढ़ रहा था। महफ़िल झूम रही थी मेरे सुरीले गले से फूटते हुए एक-एक शे'र पर। बोगरा ख़ां को मेरी चीज़े इतनी पसन्द आईं कि उसने उठकर मुझे अपने सीने से लगा लिया और फिर एक लगन (बड़ी थाली) भरकर चांदी के सिक्के मुझे इनाम में दिए। लेकिन यह बात मलिक छज्जू को पसन्द नहीं आई। उन्हें बहुत बुरा लगा। मुझसे नाराज़ हो गए। मैंने हर मुमकिन कोशिश की मनाने की। पर वह नहीं माने। जब नहीं माने तो मैं वहां से जान बचाकर किसी तरह भाग निकला। फिर जा पहुंचा बोगरा ख़ां के दरबार में। बोगरा ख़ां ने ख़ुश होकर मुझे न सिर्फ़ पनाह दी, बल्कि अपने दरबार में मुझे इज़्ज़त भी दी। दरबारियों में मेरा दर्जा ऊंचा रखा। मैं ख़ुश था।

"लेकिन मेरी यह ख़ुशी भी ज़्यादा दिन तक न रह सकी। बलबन ने बोगरा ख़ां को हुक्म भेजा कि लखनौती चले जाओ। लखनौती को कूच करते वक़्त बोगरा ख़ां ने मुझे भी साथ चलने को कहा। मैं साथ हो लिया। लखनौती की लड़ाई में जीत हमारी ही हुई। जीत के बाद बलबन ने बोगरा ख़ां को लखनौती और बंगाल का हाकिम बना दिया और उसके सलाहकार के तौर पर मशहूर शायर शमसुद्दीन दबीर को दरबार में जगह दे दी। दबीर ने मुझे भी अपने साथ दरबार में रहने को कहा, लेकिन मैंने मना कर दिया। फिर मैं सरकारी फ़ौज के साथ दिल्ली चला आया।

"लखनौती की जंग जीतने की ख़ुशी में दिल्ली में जश्न मनाए गए। महफ़िलें सजाई गईं। बलबन का भतीजा सुलतान मुहम्मद भी उस जश्न में शरीक हुआ। वह उन दिनों मुलतान का हाकिम था। उसने मेरी

शायरी सुनी, तो मुझ पर लट्टू हो गया। कहने लगा — 'चलो, मेरे साथ मुलतान चलो। मैं तुम्हें अपने दरबार में ऊंचा ओहदा दूंगा।' इस तरह मैं मुलतान जा बसा। उन दिनों मेरी उम्र सिर्फ़ अट्ठाईस साल की थी।

"शाहज़ादा सुलतान मुहम्मद भी लगभग मेरी ही उम्र का था। मगर था बहुत ही क़ाबिल और खुले दिल का। शायरी में भी उसे बड़ा शौक़ था। अपनी लिखी चीज़ों की एक किताब भी उसने तैयार कराई। उस किताब में बीस हज़ार शे'र थे। मुलतान के दरबारी के तौर पर मैं पांच बरस तक आराम की ज़िन्दगी बिताता रहा।

"मगर क़ुदरत को मेरा वह आराम पसन्द नहीं आया। मुग़लों ने पंजाब पर हमला कर दिया।[1] दयालपुर की लड़ाई में शाहज़ादा सुलतान मुहम्मद बड़ी बहादुरी से लड़ा। मैं भी मैदाने-जंग में उसके साथ था। लेकिन शाहज़ादे की बहादुरी मुग़लों की भारी फ़ौज के सामने पस्त हो गई। वह मारा गया। मुग़लों ने मुझे क़ैद कर लिया।

"मुग़ल फ़ौज मुझे क़ैदी बनाकर बलख ले गई। फिर हिरात। दो साल तक मैं हिरात के क़ैदख़ाने में पड़ा सड़ता रहा।

"आख़िर जब उन्हें इस बात का यक़ीन हो गया कि मैं तो एक बेशतर शायर हूं, तो उन्होंने मुझे रिहा कर दिया।

"मुग़ल-क़ैद से रिहा होकर मैं अपने गांव पटियाली चला गया।

"उन दिनों मेरे दिल पर सुलतान मुहम्मद की मौत का दुख एक भारी बोझ की तरह पड़ा हुआ था। रह-रहकर मेरी आंखों के सामने शाहज़ादे का ख़ूबसूरत चेहरा घूम जाता। मैं परेशान हो जाता। उसी परेशानी के आलम में कुछ शे'र फूट पड़ते मेरी क़लम से।

"शाहज़ादे की याद में लिखे गए ये शे'र लेकर मैं एक दिन बलबन के दरबार में जा पहुंचा।

1. दयालपुर का युद्ध सन् 1284 ई. में हुआ।

"बलबन ने मेरी ख़ैर-ख़बर पूछने के बाद मेरे आने का मक़सद जानना चाहा। पूछा — 'कैसे आना हुआ?' मैंने कहा — 'अपने दिल का बोझ हल्का करने।' बलबन बोला — 'कैसा बोझ?' मैंने कहा — 'शाहज़ादा मरहूम की मुहब्बत का। उनकी याद में चन्द शे'र अर्ज़ किए हैं।' बलबन की दुखती रग पर गोया उंगली जा पड़ी। कराह-सा पड़ा — 'इरशाद।'

"फिर मैंने एक-एक कर शे'र पढ़ने शुरू कर दिए। बलबन शे'र सुनता जाता और उसकी आंखों से आंसू बहते जाते। गोया आंसुओं के मोती लुटा-लुटाकर मेरे कलाम की दाद दे रहा हो। ऐसी बेनज़ीर दाद मुझे आज तक कभी नहीं मिली।

"बलबन को भी शायद उससे पहले किसी शायर के कलाम ने इस क़दर छेड़ा नहीं था कि आंखें छलछला पड़े।

"रोते-रोते बलबन बेहाल होने लगा। उसका गला रुंधने लगा। पूरा जिस्म कांपने लगा। पहले हरारत और फिर देखते-ही-देखते तेज़ बुख़ार में तड़पने लगा।

"मैंने देखा तो घबराकर शे'र पढ़ने बन्द कर दिए।

"फ़ौरन ही शाही हकीम को बुलवाया गया।

"दवा-दारू शुरू हुई।

"लेकिन अफ़सोस कि कोई असर न हुआ किसी भी दवा का।

"जाने कैसा था वह मर्ज़ कि बढ़ता ही गया ज्यों-ज्यों दवा की।

"और आख़िर तीसरे दिन गयासुद्दीन बलबन की मौत हो गई।

"मैंने सुना तो सन्न रह गया।

"बेहद मलाल हुआ मुझे। दिल-ही-दिल में कोसने लगा ख़ुद को कि गया था अपने दिल का बोझ हल्का करने, पर जान ही ले बैठा किसी की। ख़ुद को बलबन का क़ातिल समझने का मलाल मुझे आज तक साल रहा है।

"ख़ैर, फिर मैं दिल्ली में ही अमीर अली मीर जामदार के साथ रहने लगा। उनके लिए मैंने 'अस्पनामा' लिखा।

"और फिर मीर जामदार को जब अवध का सूबेदार बनाकर से भेजा गया, तो वह मुझे भी अपने साथ अवध ले गया। दो बरस तक मैं अवध में रहा।

"दो साल तक अवध की रंगीन शामों में मेरे कलाम गूंजते रहे। पर मेरा वहां जी न जमा। आख़िर मैं दिल्ली लौट आया।[1]

"दिल्ली में उन दिनों बोगरा ख़ां के बेटे कैकुबाद की हुकूमत थी। कैकुबाद ने मुझे अपने दरबार में बुलवाया। अपने बाप की याद में मुझसे एक किताब[2] लिखवाई। मैंने छः माह में ही पूरी किताब लिख डाली। कैकुबाद बेहद ख़ुश हुआ।

"ख़ुश होकर उसने मुझे मुल्कुशुअरा[3] का ख़िताब दिया।

"मगर उसके सिर्फ़ एक साल बाद ही कैकुबाद की हुकूमत ख़त्म होने के साथ-साथ उसकी ज़िन्दगी का भी ख़ात्मा हो गया और हिन्दुस्तान की तवारीख़ में ख़ानदान-ए-गुलामा का भी ख़ात्मा हुआ। जलालुद्दीन ख़िलजी ने दिल्ली पर हमला कर कैकुबाद का क़त्ल कर डाला था। और इस तरह दिल्ली के तख़्त पर ख़िलजी ख़ानदान की हुकूमत का दौर शुरू हुआ।[4]

"जलालुद्दीन ख़िलजी की उम्र उन दिनों सत्तर साल की थी और मैं था सिर्फ़ पैंतीस बरस का।

---

1. सन् 1288 ई. में ख़ुसरो अवध से दिल्ली लौटे।
2. इस पुस्तक का नाम है 'किरायुस्सादेन'। इसमें कैकुबाद की अपने पिता बोगरा ख़ां से हुई भेंट का उल्लेख है।
3. मुल्कुशुअरा का अर्थ है राष्ट्रकवि।
4. सन् 1290 ई.।

"मैं तो डर रहा था कि पता नहीं नया बादशाह मुझसे किस तरह पेश आएगा, लेकिन मेरी हैरानी का कोई ठिकाना न रहा, जब नए दरबार के पहले ही दिन जलालुद्दीन ख़िलजी ने यह ऐलान किया कि ख़ुसरो को अमीर का ख़िताब दिया जाता है और बारह सौ तन की माहवार तनख़्वाह बांधी जाती है।

"छः बरस तक मैं जलालुद्दीन ख़िलजी के दरबार की रौनक बना रहा। आज मैं अपनी पूरी ज़िन्दगी पर एक नज़र डालता हूं, तो लगता है, वही छः बरस मेरी ज़िन्दगी के सुनहरे साल थे — इज़्ज़त, शोहरत, मान-मर्तबे और ऐश-ओ-इशरत के लिहाज़ से।

"जलालुद्दीन के बुढ़ापे में भी जिस क़दर ज़िन्दादिली और फ़राख़दिली मैंने देखी, वैसी तो किसी जवान की जवानी में भी मैंने नहीं देखी है आज तक। वह जितना बहादुर था, उतना ही आलिम भी। शायरी में उसका शौक़ और शायरों के लिए उसके दिल में इज़्ज़त देखकर मैं निहाल हो गया था। जंगों में उसके कमाल मैंने देखे, तो दंग रह गया। उसके इन्हीं कमालों का ज़िक्र मैंने अपनी 'मिफताहुल कुतुह' नाम की मसनवी में किया है। यह मसनवी बड़ी मशहूर हो गई।

"जलालुद्दीन ख़िलजी का भतीजा था अलाउद्दीन ख़िलजी। अलाउद्दीन को ही जलालुद्दीन ने अपनी बेटी ब्याही हुई थी। इस नाते वह भतीजा होने के अलावा दामाद भी था। मगर दामाद के दिल में हुकूमत का लालच ज़ोर मार उठा, तो उसने अपने ससुर का क़त्ल कर डाला। इस तरह अलाउद्दीन ख़िलजी ने दिल्ली के तख़्त पर क़ब्ज़ा जमा लिया।[1]

"अलाउद्दीन ख़िलजी ने मुझे 'खुसरु-ए-शाअरां' का ख़िताब तो दिया, लेकिन मेरी तनख़्वाह बारह सौ तन से घटाकर एक हज़ार तन कर दी। मुझे बुरा लगा। पर मैं कर क्या सकता था!

---

1. ईस्वी सन् 1296 में अलाउद्दीन ख़िलजी ने दिल्ली का तख़्त संभाला और सन् 1317 ई. तक हुकूमत की। इसी दौरान अमीर ख़ुसरो ने गद्य में इतिहास की एक पुस्तक 'तवारीख़े-अलाई' लिखी।

"अलाउद्दीन की हुकूमत के लम्बे ज़माने में उसकी जो बात मुझे सबसे ज़्यादा नागवार गुज़री, वह थी चित्तौड़ के राजा रत्नसेन की पत्नी रानी पद्मिनी के साथ किया गया बुरा सुलूक। पद्मिनी पर अलाउद्दीन की बुरी नज़र मुझे इस हद तक बुरी लगी कि मैंने अपनी जान को भी जोखिम में डालकर उसे इस बदकारी से रोकने की कोशिश की। चित्तौड़ की मुहिम में मैं भी अलाउद्दीन के साथ था। रानी के बेपनाह हुस्न के चर्चे सुन-सुनकर अलाउद्दीन उसे पाने के लिए बेक़ाबू हुआ जा रहा था। एक के बाद एक पैग़ाम भेज-भेजकर वह पद्मिनी को मनाने की हरचन्द कोशिश कर रहा था, लेकिन पद्मिनी नहीं मान रही थी।

"आख़िर एक शाम मैंने अपनी जान की ख़ैर मांगते हुए अलाउद्दीन के साथ इस मामले में बात छेड़ ही दी। मैंने कहा — 'जहांपनाह, एक छोटी-सी गुज़ारिश है। इजाज़त दें तो अर्ज़ करूं?'

"इस तरह डरते-डरते मैंने पहले तो बात शुरू करने की इजाज़त ली और फिर सीधे तौर पर पद्मिनी की बात न छेड़कर तहमीद बांधने लगा — 'हर औरत की ख़सलत अलग होती है, यह तो आप भी मानते ही हैं ना?' अलाउद्दीन बोला — 'हां, होती है हर औरत की ख़सलत अलग-अलग, लेकिन हर मर्द भी अपनी ख़सलत से मजबूर होता है अमीर!' उसके कहने का ढंग कुछ इस क़िस्म का था, गोया उसने मेरी बात को पकड़ लिया है और मुझे मना कर रहा है कि मैं इस मामले में उसे कोई राय न दूं।

"पर फिर भी मैंने अपनी बात जारी रखी — 'जी हां जहांपनाह, यह भी सच है। लेकिन सच्चाई यह भी है कि ऐसी मजबूरियों का टकराव ख़ुशगवार नहीं होता। ज़ाहिर है कि कोई अगर किसी चीज़ को हासिल करना चाहता है, तो सिर्फ़ अपनी ख़ुशी के लिए ही। लेकिन अगर वह चीज़ हासिल करने की जद्दोजहद में ही तबाह हो जाए, तो फिर हासिल क्या हुआ! न वह चीज़ रही, न ख़ुशी ही मिली। हुज़ूर को याद होगा, जब गुजरात के राय कर्ण को मारकर उसकी बीवी

कमलादेवी के पास आपने पैग़ाम भेजा था, तो कमलादेवी ने बख़ुशी अपने-आप को हुज़ूर के हवाले कर दिया था। अब वही कमलादेवी हुज़ूर के हरम को भी रौनक बख़्श रही हैं। उस वक़्त उन्हें उस तरह हासिल करके हुज़ूर के दिल को भी ख़ुशी हासिल हुई थी। लेकिन अगर वह हासिल होने से इनकार कर देती और ज़िद पकड़कर टूट जाना या ख़त्म हो जाना बेहतर समझ लेतीं, तो क्या हासिल होता हुज़ूर को? मुफ़्त का एक मलाल अलबत्ता होता।'

"तब अलाउद्दीन ने मुझे भरपूर निगाह से एक बार देखा और देखकर एक लम्बी सांस भरकर छोड़ दी। मुझे लगा कि मेरी बात उस पर असर करने लगी है। कुछ देर तक सोचकर उसने कहा — 'ठीक है अमीर! हम पद्मिनी को हासिल करने का इरादा तर्क किए देते हैं।' कहकर वह थोड़ी देर रुका। मुझे बड़ी ख़ुशी हुई। लेकिन कुछ देर के बाद वह कहने लगा — 'मगर हम उस इलाही हुस्न का दीदार ज़रूर करना चाहेंगे, जिसके चर्चे पूरे हिन्द में फैले हुए हैं।'

"इस तरह यह तय पाया कि रानी पद्मिनी के पास बादशाह का यह पैग़ाम भेजा जाए कि सिर्फ़ एक नज़र देखकर ही वह लौट जाएंगे। पैग़ाम लेकर जाने का काम भी मुझे ही सौंपा गया।

"मैंने एक शाही क़ासिद को चित्तौड़गढ़ भेजकर रानी को कहलवाया कि मैं बादशाह का एक ख़ास पैग़ाम लेकर आने की इजाज़त चाहता हूं। रानी ने मेरा नाम एक शायर के तौर पर पहले ही सुन रखा था। उसने क़ासिद के हाथ कहलवा भेजा कि उसे अमीर ख़ुसरो से मिलकर ख़ुशी होगी। वक़्त भी तय हो गया था। अगले दिन सुबह मैं वहां जा पहुंचा। रानी ने मुझसे कोई पर्दा न किया। बाइज़्ज़त मुझे बिठाया। मेहमाननवाज़ी की। मैं ख़ुद पद्मिनी को के हुस्न को देखकर दंग रह गया।

"मौक़ा निकालकर मैंने ही बात छेड़ दी — 'मुझे अफ़सोस है रानी साहिबा, आपको इन दिनों जिस ज़बर्दस्त उलझन का सामना

करना पड़ रहा है...' मेरी बात को समझकर रानी ने मुझे बीच में ही टोक दिया और पक्के इरादे-भरी आवाज़ में कहने लगीं — 'इसमें उलझन की कोई बात नहीं है अमीर साहब! उलझन तो वहां होती है, जहां मन डांवाडोल हो रहा हो; कभी इधर सोचे तो कभी उधर। यहां तो ऐसी कोई डोल-सोच है ही नहीं। सवाल ही नहीं इस सबका एक ही निश्चय है। दृढ़निश्चय। और वह यह कि हिन्दू नारी अपने जीवन में केवल एक ही पुरुष को स्पर्श करती है। केवल अपने पति को। और हिन्दू नारी का पति केवल एक ही होता है। मेरे पतिदेव युद्ध में काम आ गए हैं। मुझे इस बात का कोई रंज नहीं। उलटे इसे मैं अपना अहोभाग्य समझती हूं। एक क्षत्राणी का इससे बड़ा सौभाग्य और क्या हो सकता है कि उसका पति वीरगति को प्राप्त हुआ। उसने पीठ नहीं दिखाई। मैं उस वीर की पुण्य धरोहर हूं। मैं अपना यह शरीर किसी परपुरुष को सौंपकर अपने वीर पति की आत्मा को अपमानित करने से तो जौहर करके प्राण त्याग देना कहीं अच्छा समझूंगी।'

"रानी पद्मिनी के न सिर्फ़ हुस्न में ही जादू था, बल्कि उसकी आवाज़ भी इस क़दर जादुई थी कि मैं पलक झपके बिना ही उसका मुंह ताकता-सा बैठा रह गया। मेरे कानों में गोया कोई मस्त कर डालने वाली रागिनी अपने नशीले सुर उड़ेल रही हो। कुछ देर तक तो मैं एक अजब-से मुगालते का शिकार हो गया था। मैं वाक़ई ऐसा महसूस करने लगा था जैसे मैं जन्नत में जा पहुंचा हूं और जन्नत की कोई हूर मुझसे बातें कर रही है।

"पर आज सोचता हूं तो साफ़ लगता है कि वह जन्नत की है हूर नहीं, बल्कि स्वर्ग की कोई देवी लगी थी मुझे। तभी तो उसे देखकर मेरे दिल में ऐसा कुछ नहीं हुआ था जो किसी हसीना को देखकर किसी मर्द को होता है। उलटे मेरे जी में यह आया था कि मैं बुतपरस्त बन जाऊं और इस देवी की पूजा करने लगूं। रानी पद्मिनी

को देखने के बाद ही मैंने वह ग़ज़ल लिखी थी, जिसमें मैंने अपने-आप को इश्क़ का क़ाफिर कहा है।"[1]

पिता को रानी पद्मिनी के ध्यान में बहक चला देखकर गयास ने टोक दिया, "हां, तो अब्बाजान, फिर क्या हुआ?" वह यह जानने के लिए भी अत्यधिक उत्सुक हो आया था कि पद्मिनी के साथ उसके पिता की और क्या-क्या बातें हुई थीं।

ख़ुसरो को लगा जैसे वह कल्पना के स्वर्गलोक से झटककर नीचे फेंक दिए गए हैं। फिर भी एक लम्बा सांस भरकर उन्होंने अपनी बात की टूटी कड़ी जोड़नी शुरू कर दी, "हां बेटा, मैं वही तो बताने जा रहा था कि फिर क्या हुआ। उस मुलाक़ात के बाद मेरे साथ क्या हुआ, यही तो बतला रहा था मैं। मगर लगता है कि तुम वह सब नहीं जानना चाहते। तो चलो न सही। पद्मिनी के साथ जो हुआ वह तो तुम पहले भी सुन चुके हो कई बार। मेरी-उनकी और क्या बातें हुईं, तुम यही जानना चाहते हो न?"

"जी हां।" गयास थोड़ा झेंपकर कह गया।

"मैंने कहा — 'रानी साहिबा, मैं आपको यह ख़ुशख़बरी सुनाने आया हूं कि हमारे बादशाह सलामत ने अपना इरादा बदल दिया है।

---

1. उस प्रसिद्ध फ़ारसी ग़ज़ल के दो शे'र इस प्रकार हैं :

काफ़िरे-इश्क़म मुसलमानी मरा दरकार नेस्त,
हर रगे-मन तार गश्तः हाजते-जुन्नार नेस्त।

अर्थात — मैं इश्क़ का क़ाफिर हूं। मुझे मुसलमानी की ज़रूरत नहीं है। क़ाफ़िर को भी यज्ञोपवीत जैसे दिखावटी धागे की ज़रूरत पड़ती है, परन्तु मुझे वह भी नहीं चाहिए, क्योंकि मेरी तो नस-नस प्रेम-रस पीकर पवित्र तार अर्थात यज्ञोपवीत के धागे बन चुकी है।

ख़ल्क़ भी गोयद कि ख़ुसरो बुतपरस्ती मीकुनद,
आरे-आरे मी कुनम व ख़ल्क़-ओ-आलम कारनेस्त।

अर्थात — संसार कहता है कि ख़ुसरो मूर्तिपूजक हो गया है। हां, हो गया हूं। किसी को इससे क्या लेना-देना है!

वह आपकी मरज़ी के ख़िलाफ़ आपको अपने हरम की रौनक नहीं बनाना चाहते हैं। फिर भी उनकी एक छोटी-सी चाह है, अगर आपको कोई एतराज़ न हो तो वह आपको एक नज़र देख-भर लेना चाहते हैं। मैं आपको यक़ीन दिलाता हूं कि वह सिर्फ़ देखकर चले जाएंगे। मैं समझता हूं, इसमें तो आपको कोई एतराज़ नहीं होना चाहिए। आपके मज़हब में पर्दे का तो रिवाज है नहीं। मैं भी तो इस वक़्त आपको देख ही रहा हूं। एक नज़र अगर बादशाह भी देख लेंगे तो क्या फ़र्क़ पड़ेगा!' इस पर रानी कहने लगीं — 'अमीर साहब, देखने वाली नज़र यदि बुरी भावना की आग बरसा रही हो तो दिखने वाला शरीर और उस शरीर में पड़ा मन तक झुलस जाता है अपमान की अग्नि में। परन्तु चलिए ठीक है, इस समय मैं विवश हूं, आपत्तिकाल में पड़ी हूं। आपत्कालीन धर्म का निर्वाह भी करना ही होगा। मैं स्वीकृति देती हूं कि आपके बादशाह कल दोपहर को आकर मुझे देख जाएं। परन्तु मैं सीधे रूप से उनके सामने नहीं पड़ना चाहती। वह मुझे प्रत्यक्ष नहीं देख पाएंगे। दर्पण में मेरा प्रतिबिम्ब देख सकेंगे। जाइए, जाकर कह दीजिए उनसे। मुझे इस प्रकार से देखना यदि उन्हें स्वीकार हो तो कहलवा भेजें और कल आ जाएं। मैं दर्पण के आगे मुंह करके बैठी मिलूंगी और एक ऐसे कोण पर बैठी रहूंगी जहां से वह मेरा कोई भी अंग प्रत्यक्ष नहीं देख पाएंगे।' मैंने कहा — 'मैं उम्मीद करता हूं रानी साहिबा, कि उन्हें आपकी यह शर्त मंज़ूर हो जाएगी।' इसके बाद रानी ने मुझे विदा किया। मैंने लौटकर अलाउद्दीन से कह दी रानी की यह शर्त। अलाउद्दीन मान गया। हमने रानी को कहलवा भेजा कि कल दोपहर को बादशाह उन्हें देखने आ रहे हैं। अगले दिन अलाउद्दीन ख़िलजी ने जिस वक़्त आईने में रानी पद्मिनी का अक्स देखा, तो बस वह देखता ही रह गया। भूल बैठा अपने सारे फ़ैसले और भले-बुरे की सारी सोच को। पद्मिनी के रूप का जादू अलाउद्दीन के सिर चढ़कर बोल उठा। एक अजब-सा जुनून सवार हो गया उसे। इसी जुनून ने उसकी

तवारीख़ में यह काला वर्क जोड़ दिया, जिसमें अलाउद्दीन की हवस की शिकार बनने के बजाय पद्मिनी को जौहर करके जल मरना पड़ा। देखने वाले दिन तो वह अलाउद्दीन को यह कहकर टाल गई थी कि 'ठीक है, अगर आप नहीं ही मानते तो मैं चली चलूंगी आपके साथ आपके हरम में, लेकिन आज नहीं कल। कल आप इसी समय पधारिए। मैं आपके साथ चलने को तैयार मिलूंगी।'

"लेकिन बेटा, अगले दिन जब अलाउद्दीन पद्मिनी को लिवाने चित्तौड़गढ़ पहुंचा, तो उस वक़्त तक रानी का जिस्म जौहर की चिता पर जलकर राख बन चुका था और वह राख भी तब तक ठंडी हो चुकी थी। उस ठंडी राख को अपनी मुट्ठी में भरकर अलाउद्दीन ने वही मुट्ठी अपने माथे पर दे मारी थी। गोया अपने नसीब को कोसना मारा हो या अपनी बेवक़ूफ़ी पर पछताने लगा हो। पर अब क्या हो सकता था! सारा खेल ख़त्म हो चुका था।

"लेकिन बेटा, उस खेल के ख़त्म होने के बाद मेरी ज़िन्दगी में एक नया खेल शुरू हो चुका था।"

"वह क्या अब्बाजान?" गयास ने हैरान होकर पूछा।

"मेरे तब तक के सारे यक़ीनों की बुनियादें हिलने लग गई थीं। मेरे तुर्की जलाल का चेहरा फीका पड़ने लगा था हिन्दुस्तानी तहज़ीब के लिश्कारों से। पद्मिनी की क़ुर्बानी ने मेरी आंखें खोल दी थीं।

"पद्मिनी के बाद एक और औरत की ज़िन्दगी ने मुझ पर गहरा असर डाला।"

"वह कौन थी अब्बाजान?" गयास ने पूछा।

"उसका नाम था देवलदेवी। अलाउद्दीन ख़िलजी की बेटा-बहू। ख़िज़्र ख़ां की बीवी। ख़िज़्र ख़ां अलाउद्दीन ख़िलजी का बड़ा बेटा था। गुजरात के राय कर्ण की बेटी देवलदेवी से इश्क़ था ख़िज़्र ख़ां का।

राय कर्ण की विधवा कमलादेवी देवलदेवी की मां थी। और उन दिनों कमलादेवी अलाउद्दीन के हरम में थी। हरम में वह अपनी बेटी को साथ ही लेकर आई थी। उन दिनों देवल की उम्र मुश्किल से आठ-दस साल की रही होगी। शाहज़ादा ख़िज़्र ख़ां भी उसका हम-उम्र था। दो-चार बरस बड़ा रहा होगा। दोनों में इश्क़ हो गया। लड़कपन का इश्क़ जवानी की देहलीज़ तक पहुंचते-पहुंचते परवान चढ़ चुका था। दोनों तरफ़ थी आग बराबर लगी हुई।

"बादशाह भी जानता था कि शाहज़ादा देवलदेवी के इश्क़ में बुरी तरह गिरफ़्तार है। देवल को बादशाह पसन्द भी करता था। इसलिए चाहता था कि दोनों की शादी कर दी जाए। देवल की मां कमला को भी कोई एतराज़ न था। वह भी राज़ी हो गई। लेकिन ख़िज़्र की अम्मी यानी अलाउद्दीन की बड़ी बेगम को यह रिश्ता पसन्द न था, क्योंकि वह अपने भाई की बेटी का ब्याह अपने बेटे से करना चाहती थी। उसने बादशाह को मजबूर करके ख़िज़्र की शादी अपने भाई की बेटी से करवा दी और देवलदेवी को कहीं और भिजवा दिया।

"लेकिन इस शादी से शाहज़ादा ख़ुश नहीं था। उसका दिल टूट गया। वह हर वक़्त बेचैन रहने लगा और देखते-ही-देखते उसकी तन्दुरुस्ती गिरने लगी। बादशाह को सोच हुई। उसने मुझसे राय मांगी तो मैंने कहा — 'जैसे भी हो, देवलदेवी की शादी भी शाहज़ादे से कर देनी चाहिए। यह इश्क़े-हक़ीक़ी जैसा मामला नज़र आता है। इन्हें अलग करना मुमकिन न हो सकेगा। इधर शाहज़ादे तड़प रहे हैं, उधर देवल बेचारी की न जाने क्या हालत हो रही होगी। वह तो ख़ैर मजबूर है, मगर जहांपनाह के सामने तो कोई मजबूरी नहीं। शरह में भी इजाज़त है कि एक बीवी के रहते भी दूसरी शादी की जा सकती है। चार तक की जा सकती हैं। तो फिर उज्र क्या है?'

"बादशाह अलाउद्दीन को मेरी राय जंच गई। उसने फ़ौरन हुक्म दे दिया कि देवलदेवी को महल में वापस लाया जाए। देवल जब आई तो मैंने भी उसे देखा था। बिल्कुल शाहज़ादे जैसी ही बदहाल हो चली थी बेचारी। ख़ैर, तो दोनों की शादी कर दी गई। बेपनाह प्यार था उन दोनों में। और देवलदेवी तो अपने शौहर पर जान ही छिड़कती मालूम होती रहती थी।

"देवल और ख़िज्र के इश्क़ की दास्तान[1] तो बड़ी लम्बी है। मुख्तसर यों है कि अलाउद्दीन की मौत के बाद क़ाफ़ूर ने ख़िज्र खां को अन्धा कर डाला। अन्धा करके उसे क़ैदखाने में डाल दिया। देवल भी अपने शौहर के साथ क़ैद में रही और अन्धे की लाठी बनकर उसकी हर मुमकिन ख़िदमत करती रही। सच्चे दिल से चाहती थी वह अपने मालिक को। इसलिए उसे ख़िदमत करने में दिली ख़ुशी हासिल होती थी। ऐसा ही होता है हिन्दुस्तानी औरत का सच्चा प्यार। आह! कैसा पाक प्यार था देवल का! फ़रिश्ता लगती थी देखने में। और क्या ख़ूब थी उसकी क़ुर्बानी कि जब ख़िज्र का क़त्ल किया जा रहा था, उस वक़्त भी देवलदेवी की बांहें अपने शौहर के गले से लिपट गई थीं और शौहर पर पड़ने वाले कई वार उस मुहब्बत की देवी ने अपने ऊपर झेल लिये थे। लेकिन मुंह से उफ़ तक नहीं निकलने दी थी, अपनी जान भले ही दे दी थी। आफ़रीन है उस देवी के, और आफ़रीन है उस मुल्क की मिट्टी के भी, जिसमें ऐसी-ऐसी देवियां पैदा होती हैं।

---

1. 'मसनवी देवलदेवी — ख़िज्र ख़ां, इश्क़ियां या ख़िज्रनामा' नामक पुस्तक अमीर ख़ुसरो की अति प्रसिद्ध मसनवी है। इसका प्रकाशन अलीगढ़ विश्वविद्यालय द्वारा किया गया है। इसमें देवलदेवी के सच्चे प्रेम की सच्ची कहानी कहने के साथ-साथ ख़ुसरो ने भारतीय संस्कृति, सभ्यता तथा सौन्दर्य की भरपूर प्रशंसा भी की है। यहां तक कह दिया है कि यह देश स्वर्ग है। यदि यह स्वर्ग न होता तो हज़रत आदम यहीं क्यों आते और स्वर्ग का पक्षी मोर भी यहीं क्योंकर होता!

"ख़ैर, तो उसके बाद मुबारकशाह ने क़ाफ़ूर का क़त्ल करके दिल्ली के तख़्त पर हक़ जमा लिया। यही[1] कुतबुद्दीन मुबारकशाह के नाम से बाद में मशहूर हुआ, जिसे तीन साल बाद इसी के वज़ीर ने मार डाला। फिर आ धमका दिल्ली पर गयासुद्दीन तुग़लक।

"इस तरह ख़ानदान-ए-ग़ुलामा के आख़ीर से लेकर तुग़ुलक ख़ानदान के शुरू तक के ग्यारह सुलतानों को मैंने अपनी इन आंखों से देखा है। इनमें से सात[2] सुलतानों के दरबार में रहकर उनकी ख़िदमत भी की है और उनकी शान में क़सीदे भी लिखे हैं। अलाउद्दीन के वक़्त की तवारीख़ भी लिखी। मसनवियां क़लमबन्द कीं। अरबी-फ़ारसी में बेशुमार शायरी भी की। लेकिन..." इतना कहकर ख़ुसरो कुछ देर को ख़ामोश हो गए।

गयास पूछ बैठा, "लेकिन क्या अब्बाजान, आपकी बातों से लगता है कि आपको यह सब लिखने का कोई मलाल हो रहा है अब। आख़िर क्यों अब्बाजान?"

"यहां तक तो तुम ठीक ही समझे हो बेटा, कि मुझे मलाल हो रहा है। लेकिन क्यों हो रहा है, यह तुम नहीं समझ सके, इस बात की भी मुझे तकलीफ़ हुई। ख़ैर, मैं समझाए देता हूं। किसी भी सच्चे शायर के लिए यह बात तकलीफ़ देने वाली ही होती कि वह अपने दिल में

---

1. कुतबुद्दीन मुबारकशाह सन् 1317 ई. में दिल्ली की गद्दी पर बैठा। तीन साल तक इसने हुकूमत की। इसी के मन्त्री ख़ुसरो ख़ा ने सन् 1320 ई. में इसे मारकर ख़िलजी वंश का राज्य समाप्त कर डाला। इसके बाद पंजाब के ग़ाज़ी ने आकर दिल्ली जीती और गयासुद्दीन तुग़लक के नाम से दिल्ली का सिंहासन संभाला। अमीर ख़ुसरो की अन्तिम रचना (पुस्तक) 'तुग़लकनामा' इसी बादशाह के नाम पर थी।
2. अमीर ख़ुसरो जिन सात सुलतानों के दरबारी रहे उनके पूरे नाम इस प्रकार हैं — अलाउद्दीन किशली ख़ां, 2. नासिरद्दीन बुगरा ख़ां, 3. नुसरुतुद्दीन सुलतान मुहम्मद, 4. मलिक अमीरअली सरजामदार, 5. जलालुद्दीन फीरोज़शाह ख़िलजी, 6. अलाउद्दीन ख़िलजी, 7. गयासुद्दीन तुग़लक।

उठने वाले वलवलों को दबाकर किसी और को ख़ुश करने की ख़ातिर किसी की तारीफ़ में शायरी करे। मैंने ऐसा किया। या कह लो कि मुझे यह सब भी करना पड़ा। और ऐसा करते वक़्त मुझे रंज भी होता रहा। आज मलाल हो रहा है। दौलत के लिए किया वह सब। दौलत पाई भी। पर सब लुटा दी। ज़रूरतमन्दों पर और ख़ुदा के बन्दों पर। इस तरह लुटाकर कुछ राहत भी पाई। मगर सबसे ज़्यादा राहत मिली मुझे हिन्दवी[1] ज़ुबान में आम लोगों की रोज़मर्रा की ज़िन्दगी पर लिखकर।

"जैसा कि मैंने थोड़ी देर पहले तुम्हें बताया कि पद्मिनी और देवलदेवी जैसी हिन्द की औरतों ने मुझ पर बहुत बड़ा असर किया। इस असर ने मुझे हिन्द की मिट्टी से प्यार करना भी सिखा दिया। अब मैं हिन्द को ही अपना मुल्क मानता हूं और यहां के आम लोगों की ज़ुबान को अपनी ज़ुबान।

"अगर हम तुर्कों को हिन्द में रहना है और सदा के लिए यहीं बसना है, तो सबसे पहले हमें यहां के लोगों के दिलों में बसना होगा। और दिलों में बसने के लिए सबसे पहली ज़रूरत है इनकी ज़ुबान में इनसे बातें करना; इनके दिल की बातों को शायरी में बांधना। तभी बंध पाएंगे हम इनसे। तुर्कों को हिन्दवी ज़ुबान सिखाने के ख़याल से ही मैंने 'ख़ालिक़बारी' नाम की किताब लिखी है।

"यों भी हिन्दवी ज़ुबान किसी तरह से भी अरबी-फ़ारसी के मुक़ाबले हल्की या कमज़ोर नहीं।

"और जहां तक हिन्द की तहज़ीब का सवाल है, वैसी तो दुनियाभर में शायद ही किसी और मुल्क़ की हो। इस तहज़ीब की मिसालें मैं पद्मिनी और देवलदेवी के तौर पर तुम्हें दे चुका हूं।

1. दिल्ली के आसपास उन दिनों बोली जाने वाली भाषा को 'हिन्दवी' नाम सबसे पहले ख़ुसरो ने ही दिया था। यही 'हिन्दवी' शब्द बाद में 'हिन्दी' हो गया।

हालांकि यहां की मिट्टी की ही यह सिफ़्त है और ऐसी मिसालें तुम्हें हर कहीं मिल जाएंगी।

"हिन्द की आब-ओ-हवा, यहां के फल-फूल वग़ैरा ऐसे निराले हैं कि पूरे जहान में इनका कोई सानी नहीं। हिन्द एक लाजवाब मुल्क है। मैं हिन्द का हूं। हिन्द मेरा है। मेरा प्यारा वतन है। वतन के तईं प्यार ही मेरा ईमान है। ख़ुद हज़रत मुहम्मद साहब ने कहा है कि वतन-परस्ती ईमान की निशानी है। मैं एक ईमानदार वतन-परस्त रहकर हिन्द की मिट्टी में मिल जाना चाहता हूं। हालांकि रोम और यूनान भी इल्म के लिए मशहूर हैं, लेकिन हिन्द किसी तरह भी इल्म में उन मुल्कों से पीछे नहीं है। यहां का एक बिरहमिन इल्म में, अरस्तू के इल्म के परखचे उड़ा सकता है। यहां का इल्म-ए-नजूम (ज्योतिषशास्त्र) रूमियों और यूनानियों के इल्म को धूल चटा देता है। हिन्द का हर कोना इल्म और फन (कला) से भरपूर है। बहुत पुराने ज़माने से ही दुनिया-भर के लोग इल्म हासिल करने के लिए हिन्द में आते रहे हैं। जब कि यहां के लोगों को इस इरादे से कहीं भी जाने की कभी ज़रूरत नहीं पड़ी। हिसाब का इल्म हिन्द में ही शुरू हुआ और धीरे-धीरे पूरी दुनिया में फैला। इस इल्म को शुरू करने वाला असा नाम का एक बिरहमिन था। शतरंज का खेल भी हिन्द ने ही दुनिया को सिखाया।

"और हिन्द की मौसीक़ी[1] (संगीत)...अहा! जादू है जादू। झूम-झूम उठता है सुनने वाला। एक-एक सुर, एक-एक लय नस-नस में आबे-हयात घोल देती है।

1. संगीत के क्षेत्र में भी ख़ुसरो की देन अविस्मरणीय है। इन्होंने जिन राग-रागिनियों का आविष्कार किया उनके नाम हैं — कौल, कव्वाली, तराना, ख़याल, बाखर, साजगिरी, नक्श, निगार, सोहल। सितार जैसे सुप्रसिद्ध वाद्ययन्त्र के आविष्कारक भी ख़ुसरो ही थे। वीणा को संक्षिप्त करके ही इन्होंने सह-तार (तीन तार) यानी सितार बनाया था। ढोलक भी इन्हीं की देन है।

“गयास बेटे, मैंने तो हिन्द की ख़ाक को अपनी आंखों का सुरमा बना लिया है, इसलिए तुम्हें सबसे पहली नसीहत यही देना चाहता हूं कि तू भी हिन्द को ही अपना सब-कुछ समझना।”

“आपका हुक्म सिर-आंखों पर अब्बाजान !” गयास ने सिर झुकाकर कहा।

“दूसरी नसीहत यह कि क्योंकि तू भी शायरी करने लगा है, इसलिए मैं चाहूंगा कि हिन्दवी ज़ुबान में ही शायरी करना।”

“ऐसा ही होगा अब्बाजान!”

“तीसरी नसीहत यह कि अपनी शायरी का कोई भी हिस्सा शाहों की ख़ुशामद में बर्बाद मत करना, जैसे कि मैंने किया। मैं चाहता हूं कि तू हिन्द के आम लोगों में घुल-मिलकर उनकी रूहों की आवाज़ सुन और फिर उस आवाज़ को अपनी शायरी की रूह बना ले।”

“यही करूंगा अब्बाजान! आप ख़ातिर जमा रखें। और कोई हुक्म कीजिए!”

“बस बेटा, यही तीन नसीहतें देने के लिए मैंने आज तुम्हें बुलाया था।” कहकर अमीर ख़ुसरो ने चैन की सांस ली, और फिर उठकर अपने पीर ख़्वाजा निज़ामुद्दीन के दर्शनों को चल दिए। ख़्वाजा निजामुद्दीन हर रोज़ ईशा की नमाज़ के बाद एकान्त-साधना में तल्लीन हो जाया करते थे। और उनके इस एकान्त में विघ्न डालने की अनुमति किसी भी शिष्य को न थी, परन्तु ख़ुसरो को थी। वह ऐसे में भी घंटों तक अपने गुरु के दर्शन तथा यदाकदा बातचीत भी कर लिया करते। सन्त औलिया की सेवा तथा समय-असमय उनके दर्शनों की अनुज्ञा पाकर ख़ुसरो निहाल हो जाया करते।

सन्त औलिया भी ख़ुसरो को जी-जान से चाहते थे। वह प्रायः कहा करते — ‘मैं और सब लोगों से ऊब सकता हूं, यहां तक कि

अपने-आप से भी उकता जाता हूं कभी-कभी, लेकिन ख़ुसरो से नहीं उकता सकता कभी भी।"

एक बार तो सन्त ने यहां तक कह डाला था कि "मुझे उमीद है कि क़यामत के दिन ख़ुसरो की रूह की आंच से मेरे ऐमालों की फ़ेहरिस्त (कर्म-सूची) पाक (शुद्ध) हो जाएगी।"

सन्त औलिया ने एक दिन अपने सारे शिष्यों को सम्बोधित करते हुए कहा, "अगर कोई मेरे ख़ुसरो को मुझसे जुदा करने के लिए मेरे सिर पर आरा रख दे तो मैं अपना सिर कटवा देना मंज़ूर कर लूंगा, लेकिन ख़ुसरो की जुदाई क़ुबूल नहीं करूंगा।"

गयास को तीन नसीहतें देने के बाद जिस समय अमीर ख़ुसरो अपने सन्त औलिया के पास पहुंचे, तो सन्त ने मुस्कुराकर पूछा, कहो ख़ुसरो, सुर्ख़रूह हो आए हो अपने सीने का बोझ हल्का करके?"

"जी हां औलिया! आप तो जानी-जान हैं! जानते ही थे मेरे सीने के बोझ को। और आज यह भी जान ही गए कि उतार आया हूं वह बोझ अपने बेटे के रू-ब-रू और अब सुर्ख़रूह हो गया हूं। अब बस आपका ही हूं।"

"ख़ुसरो!" सन्त ने ख़ुसरो की तरफ़ बड़े ही प्यार से देखकर पूछा, "एक बात कहूं?"

"हुक्म कीजिए!"

"तुम ख़ुदा से दुआ मांगो कि मेरी उम्र लम्बी हो जाए, क्योंकि तेरी ज़िन्दगी मेरी ज़िन्दगी से जुड़ी हुई है। मेरे बाद तू ज़्यादा दिन जी नहीं सकेगा, यह मैं अभी से जान गया हूं ख़ुसरो! हालांकि मुझे अपनी ज़िन्दगी को बढ़ाने की कोई ख़्वाहिश नहीं है, लेकिन चाहता हूं कि तू अभी और ज़िन्दा रह।"

ख़ुसरो की युवावस्था के समय की बात है कि एक दिन वह अपने गुरु के साथ दिल्ली में घूमने निकले थे। वे दोनों एक नानबाई की दुकान के सामने से गुज़र रहे थे कि ख़ुसरो की दृष्टि जा पड़ी दुकान पर बैठे रोटियां बेचते हुए एक सुन्दर युवक पर। ख़ुसरो के रुक गए।

"कहो नानबाई, क्या भाव दीं रोटियां?" ख़ुसरो ने पूछा।

नानबाई मुस्कुराकर बोला, "मैं तराज़ू के एक पलड़े में रोटी रखता हूं और गाहक से कहता हूं कि दूसरे पलड़े में सोना डाल दे। सोने से अगर पलड़ा झुक जाए तो रोटी ख़रीदार को दे देता हूं।" बात कुछ गहरी लगी थी ख़ुसरो को।

"पर अगर गाहक ग़रीब हो तो?" ख़ुसरो ने सवाल किया।

"तो उसे अमीर ख़ुसरो के पास भेज देता हूं और अमीर उस ग़रीब को सोना दे देते हैं।"

"ओह!" मुस्कुरा दिए अमीर ख़ुसरो, "तो तुमने हमें पहचान लिया नानबाई!"

"आपको कौन नहीं पहचानता अमीर!"

"तुम्हारा नाम?" ख़ुसरो ने पूछा।

"हसन देहलवी कहते हैं मुझे।" तन्दूर से थाल में आ पड़ी गरमागरम रोटियां इकट्ठी करते हुए हसन ने कहा।

हसन देहलवी को ख़ुसरो बेहद चाहने लगे थे। उन्होंने उसे अपना का गुरुभाई भी बना लिया था। जिन दिनों ख़ुसरो युवराज मुहम्मद के साथ मुलतान चले गए थे, उन दिनों हसन को भी अपने साथ ही ले गए थे। मुलतान में इन दोनों गुरुभाइयों का पवित्र प्रेम इतना

अधिक गहरा हो गया था कि लोग-बाग इनके आपसी सम्पर्कों में सन्देह करने लगे थे और इन पर दुराचरण का अभियोग तक लगाने लगे थे। इस सन्देह की चर्चा जब युवराज के कानों तक पहुंची, है तो युवराज ने क्रोध में आकर हसन को कोड़े लगवाए थे और उसे ख़ुसरो के पास जाने से मना कर दिया था। लेकिन कोड़े खाकर भी जब हसन ख़ुसरो से मिलने से न रुका, तो युवराज ने एक दिन ख़ुसरो से पूछा, "क्या बात है आख़िर? आप दोनों क्यों नहीं रह सकते एक-दूसरे के बिना?"

"आप जिसे इश्क़-मजाज़ी समझ रहे हैं हुज़ूर, वह असल में इश्क़-हक़ीक़ी का ही एक पड़ाव है हम दोनों का। हमारे जिस्म जुदा-जुदा दिखाई ज़रूर देते हैं, लेकिन असल में जुदा हैं नहीं; क्योंकि हम दोनों की रूहें एक हो रही हैं।"

"ये सब शायरी की बातें हैं।"

"जी नहीं हुज़ूर, यह हक़ीक़त है।"

"हम नहीं मानते।"

"लेकिन मैं सच कह रहा हूं।"

"सच्चाई का सबूत?"

"सबूत यह रहा।" कहते ही ख़ुसरो ने एक झटके के साथ अपनी पीठ नंगी करके युवराज को दिखा दी।

ख़ुसरो की पीठ पर भी कोड़े लगने के हू-ब-हू वैसे ही निशान उभरे हुए थे जैसे कि हसन की पीठ पर थे।

युवराज की आंखें आश्चर्य से फटी-की-फटी रह गईं, जब उसने यह चमत्कार देखा। उसकी समझ में नहीं आ रहा था कि कोड़े तो पड़े थे हसन की पीठ पर, मगर निशान ख़ुसरो की पीठ पर भी क्योंकर उभर आए।

"तो क्या कोड़े लगने का दर्द भी हुआ था?" युवराज ने पूछा।

"जब कोड़े पड़े थे तो दर्द कैसे न होता हुज़ूर!"

"लेकिन हमने तो ऐसा कोई हुक्म नहीं दिया था कि आपको कोड़े मारे जाएं! किस कमबख़्त ने मारे थे आपको कोड़े? बताइए, किसने जुर्रत की इतनी?" आवेश में आ गया था युवराज।

"आपके किसी भी ख़ादिम ने आपकी हुक्म-उदूली नहीं की। आपके हुक्म के मुताबिक कोड़े सिर्फ़ हसन की पीठ पर ही बरसाए गए थे; लेकिन गायबी तौर पर बरस मुझ पर भी गए थे।"

"मगर कैसे? यही तो हम जानना चाहते हैं।"

"यह हक़ीक़त[1] का कमाल है, जिसका जलाल सिर्फ़ महसूस किया जा सकता है। आप समझ नहीं पाएंगे हुज़ूर!"

ख़ुसरो और ख़्वाजा निज़ामुद्दीन औलिया के बीच भी इसी प्रकार का प्रेम था। वे दो शरीर और एक आत्मा हो चुके थे। तभी तो परस्पर जान छिड़कते थे और एक-दूसरे के बारे में सब-कुछ जान जाते थे।

---

1. सूफ़ीमत के अनुसार आत्मा को परमात्मा की प्राप्ति की प्रक्रिया में क्रमशः चार स्थितियों में से गुज़रना पड़ता है — शरीअत, तरीक़त, हक़ीक़त और मारिफ़त। पहली स्थिति में एक सूफ़ी अपने परमात्मा की सत्ता से प्रभावित होता है; दूसरी में वह विवेक को प्राप्त कर अपने कर्तव्य की पहचान करता है; तीसरी स्थिति में वह विश्व-सत्ता की वास्तविकता (हक़ीक़त) को जान लेता। है, और फिर चौथी यानी अन्तिम स्थिति में वह परमात्मा को प्राप्त कर लेता। है। एक सूफ़ी परमात्मा को प्रेम और सौन्दर्य रूप में मानता है। लौकिक प्रेम के (इश्क़-मजाज़ी) को अलौकिक प्रेम (इश्क़-हक़ीक़ी) का साधन समझता है। इसलिए वह लौकिक प्रेम भी करता है। और यही कारण है कि लौकिक कथाओं के माध्यम से अलौकिक प्रेम की सुन्दर प्रेमकथाएं (मसनवियां) भी सूफ़ी कवियों ने लिखीं।

एक बार ख़ुसरो दिल्ली से बाहर गए। कुछ दिन बाद लौट रहे थे कि रास्ते में एक पड़ाव डाला।

"मुझे अपने पीर की गन्ध आ रही है।" ख़ुसरो ने अपने एक सेवक से कहा, और कहकर इधर-उधर तकने लगे मानो कुछ खोज-टोह रहे हों।

सेवक ने कहा, "मगर आपके पीर यहां कहां?"

"नहीं, मुझे उन्हीं के जिस्म की गन्ध आ रही है। ज़रूर कोई बात है। पता लगाओ। ढूंढ़ो।"

आदेश पाकर सेवकों ने आसपास खोज-ख़बर लेनी शुरू की। कहीं कोई व्यक्ति दिखाई नहीं दिया।

अन्त में एक पेड़ तले लेटा एक फटेहाल भिखारी नज़र आया। सेवक उसे लेकर ख़ुसरो के पास पहुंचे।

"कौन हो तुम?" ख़ुसरो ने पूछा।

"ग़रीब भिखारी हूं।"

"मुझे तुमसे कुछ ऐसी गन्ध आती लग रही है जैसे मेरे पीर ख़्वाजा निज़ामुद्दीन औलिया के जिस्म से आया करती है। ऐसा क्यों? बता सकते हो?" ख़ुसरो ने फिर सूंघते हुए कहा।

"मैं आपके पीर के पास भीख मांगने गया था तो उस वक़्त उनके पास मुझे भीख में देने को कुछ भी न था। सो उन्होंने अपनी खड़ाऊं उतारकर मुझे दे दी। वही इस वक़्त भी पहने हुए हूं।"

"खड़ाऊं देते वक़्त उन्होंने कुछ कहा भी था?"

"जी हां, कहा था कि ये ले जाओ, इनसे तुम्हारी सारी तकलीफ़ें दूर हो जाएंगी, पर जाने वह दिन कब आएगा! यहीं पड़ा-पड़ा उस दिन का इन्तज़ार कर रहा हूं।" भिखारी ने निराश होकर कहा।

"पीर का कहा झूठा नहीं हो सकता। तुम समझ लो कि वह दिन आ गया है। यही है वह दिन...आज...अभी।" भाव-विभोर हो गए थे ख़ुसरो।

भिखारी हैरान हुआ खड़ा तके जा रहा था।

ख़ुसरो ने पूछा, "बोलो, बेचोगे ये खड़ाऊं?"

"जी।"

"तो लो," कहते ही ख़ुसरो ने सेवक से कहा, "वह पांच लाख तन वाला तोड़ा इसे दे दो।"

सेवक ने दे दिया।

ख़ुसरो ने खड़ाऊं ले ली।

लेकर अपने सिर पर धर ली।

और उसी तरह सिर पर उठाए-उठाए ही अपने पीर के पास गए।

जाकर सारी घटना पीर से कह डाली।

पीर मुस्कुरा दिए।

कहने लगे, "सौदा सस्ते में पटा लिया।"

"जी हां, बहुत ही सस्ते में। वह तो अगर इन खड़ाउओं की क़ीमत के तौर पर मेरी जान भी मांग बैठता तो मुझे जान देनी ही पड़ती।"

एक बार की बात है। तब ख़ुसरो गयासुद्दीन तुग़लक के दिल्ली दरबार में दरबारी थे। तुग़लक ख़ुसरो को तो चाहता था, लेकिन हज़रत निज़ामुद्दीन के नाम तक से चिढ़ता था। ख़ुसरो को तुग़लक की बस

यही एक बात नागवार गुज़री थी। मगर वह कर क्या सकता था! बादशाह एक बार कहीं बाहर से दिल्ली लौट रहे थे। कि ख़ुसरो के हाथ निज़ामुद्दीन को एक सन्देश देकर पहले से दिल्ली भिजवा दिया। वह शाही सन्देश यह था कि बादशाह के दिल्ली पहुंचने से पहले ही निज़ामुद्दीन दिल्ली छोड़कर चले जाएं।

ख़ुसरो को बड़ी ही तकलीफ़ हुई थी अपने सन्त औलिया को ऐसा शाही सन्देश कहकर सुनाते समय।

सन्त ने सन्देश सुना, तो मुस्कुरा दिए।

ख़ुसरो ने घबराकर पूछा, "अब क्या होगा।"

"कुछ नहीं होगा ख़ुसरो! तुम घबराओ मत। हनूज़ दिल्ली दूरअस्त — अभी दिल्ली बहुत दूर है।"

और फिर सचमुच ही बादशाह के लिए दिल्ली बहुत दूर हो चुकी थी।

हुआ यों कि रास्ते में बादशाह एक पड़ाव के समय जिस खेमे में ठहरा हुआ था, भयंकर अन्धड़ से वह खेमा उस पर टूट गिरा और फलस्वरूप उसकी मृत्यु हो गई। इस प्रकार वह कभी दिल्ली न पहुंच सका।

अमीर ख़ुसरो एक शाही काम से लखनौती गए हुए थे कि लखनौती में ही दिल्ली के सन्त औलिया के देहान्त का दुखद समाचार मिला।

समाचार क्या था मानो यमराज का परवाना था।

सुनते ही ख़ुसरो सन्न रह गए।

लगा कि क़यामत आ गई है...प्रलय मच उठी है...हर ओर पानी-ही-पानी बह रहा है...और वह उस जल-प्लावन में असहाय बहे चले जा रहे हैं...

...विशाल जगत सिमटने लगा है...

...चहुंओर धुन्ध-ही-धुन्ध छाने लगी है...

...सूर्य का प्रकाश बुझने लगा है...

...और इस सारी धुंधली होती हुई पृष्ठभूमि में धीरे-धीरे उभरने लगी है एक आकृति...

...आकृति, जो देखते-ही-देखते अपने स्वरूप का विस्तार करने लगी है...

...विस्तार पाकर वह स्वरूप विराट से विराटतर होता चला जा रहा है...

और ख़ुसरो चुपचाप निहारते चले जा रहे हैं इस विराट रूप को।

इसी सन्निपात की-सी अवस्था में ख़ुसरो आ पहुंचते हैं। दिल्ली – अपने पीर की ख़ानक़ाह (आश्रम) के बाहर।

कपड़े फटकर तार-तार हो चुके हैं ख़ुसरो के।

चेहरा बुझा-बुझा...बाल बिखरे हुए तथा धूल-धूसरित खड़े हैं ख़ानक़ाह के द्वार पर।

साहस नहीं बटोर पा रहे हैं भीतर जाकर अपने पीर की मृत देह को देखने का।

द्वार पर खड़े-खड़े ही दरवाज़े को निहार-निहारकर सोचते हैं — 'आह!...कभी इसी द्वार से होकर आया-जाया करता था मेरा मालिक... मेरा प्यारा पीर...मेरा सब-कुछ।'

एक लम्बी ठंडी आह निकल जाती है।

और क़दम बढ़ जाते हैं भीतर।

भीतर चिरनिद्रा में पड़े हैं पीर औलिया।

देखते ही पछाड़-सी खा जाते हैं ख़ुसरो।

बेक़ाबू होकर पीर के क़दमों पर अपना सिर पटक देते हैं।

बार-बार सिर उठा-उठाकर पीर के पैरों तले के पथरीले फ़र्श पर अपना सिर पटक-पटककर लगभग बेसुध हो चले हैं।

इसी बेसुधी में लगने लगता है, सूरज का तपता हुआ गोला धुंधलाता-धुंधलाता एकदम से बुझ गया है...

...हर ओर रात की सियाही फैल गई है...

...और दूर कहीं क्षितिज पर एक सुन्दरी की ऐसी आकृति उभर रही है, जो अपने मुंह पर केश डाले सोई पड़ी है...

अनायास ही ख़ुसरो के होंठों से सरक पड़ते हैं फुसफुसाहटी स्वर में ये शब्द :

गोरी सोवे सेज पर, मुख पर डारे केस।
चल ख़ुसरो घर आपने, रैन भई चहुं देस॥

उपसंहार

अपने प्रिय के वियोग में ख़ुसरो ने संसार के सारे मोह-जाल काट फेंके। धन-सम्पत्ति दान कर डाली। काले वस्त्र धारण कर अपने पीर की समाधि पर जा बैठे — कभी न उठने का दृढ़ निश्चय करके। वहीं बैठे-बैठे धीरे-धीरे प्राण-विसर्जन करने लगे। और फिर कुछ ही दिनों में पूरी तरह विसर्जित होकर ख़ुसरो के प्राण अपने प्रिय से जा मिले।

पीर की वसीयत के अनुसार अमीर ख़ुसरो की समाधि भी अपने प्रिय की समाधि के साथ ही बना दी गई।

आज तक दिल्ली में हज़रत निज़ामुद्दीन की समाधि के पास बनी अमीर ख़ुसरो की समाधि मौजूद है। हर बरस यहां उर्स मनाया जाता है। हर उर्स का प्रारम्भ ख़ुसरो के उसी अन्तिम दोहे से किया जाता है — 'गोरी सोवे सेज पर...'

ख़ुसरो की रचनाएं : एक नज़र में

अमीर ख़ुसरो की 99 पुस्तकों का उल्लेख मिलता है, परन्तु इनमें से 22 पुस्तकें मिलती हैं। इन 22 में 5 काव्य-संग्रह, 9 मसनवियां तथा ग़ज़लों के कुछ संकलन ही अब उपलब्ध हैं। इनकी तीन गद्य-रचनाएं भी हैं —

1. एजाज़-ए-खुसरवी, 2. ख़जायनुल फुतूह तथा 3. अफज़लुल-फवायद

हिन्दी में ख़ुसरो की कुल तीन रचनाएं मानी जाती हैं — 1. ख़ालिकबारी, 2. हालात-ए-कन्हैया तथा 3. नज़रान-ए-हिन्दी। परन्तु इन तीनों में भी केवल 'ख़ालिकबारी' उपलब्ध है।

इनके अतिरिक्त ख़ुसरो की कुछ फुटकर रचनाएं भी इधर संकलित की गई हैं, जिनमें बूझ पहेलियां, बिनबूझ पहेलियां, कह मुकरियां, दो-सख़ुने हिन्दी, दो-सखुने फ़ारसी और हिन्दी, निसबतें अर्थात सम्बन्ध, अनमेलियां, या ढकोसले, बसन्त तथा फुटकर गीत और अन्य पद।

ख़ुसरो की हिन्दी कविताएं कुल कितनी हैं, यह कह सकना अभी तक सम्भव नहीं।

ख़ुसरो की कुछ प्रसिद्ध पुस्तकों का संक्षिप्त परिचय आगे दिया जा रहा है —

तोहफ़तुस्सिग्र

ख़ुसरो ने अपनी सोलह से उन्नीस साल की उम्र के बीच जो कविताएं लिखीं, वे इस संकलन में हैं। भूमिका में ख़ुसरो के प्रारम्भिक जीवन की जानकारी भी मिलती है। इसके हर क़सीदे के शुरू में एक शे'र है, जो क़सीदे के विषय का संकेत देता है।

वस्तुल हयात

इसमें कवि की बीस से चौबीस तथा बत्तीस से पैंतीस साल तक की उम्र में लिखी रचनाएं हैं। इनमें अधिकतर सुलतान मुहम्मद शहीद की प्रशंसा में क़सीदे किए गए हैं।

गर्रतुल-कमाल

कवि की चौंतीस से चालीस वर्ष की उम्र तक की रचनाएं इस संकलन में हैं। भूमिका में भारतीय फ़ारसी कविता की समीक्षा भी है।

बकियान किया

इसमें ख़ुसरो के बुढ़ापे में लिखे वे क़सीदे हैं, जो उन्होंने पुराने उस्ताद शायरों के जवाब में लिखे थे।

निहायतुल-कमाल

इसमें सुलतान गयासुद्दीन के देहान्त और सुलतान मुहम्मद तुग़लक के सिंहासन पर बैठने का उल्लेख है। यह मुख्यतया फ़ारसी ग़ज़लों का संग्रह है।

किरानुस्सादैन

इस मसनवी में कैकुबाद और बुगरा ख़ां के पत्र-व्यवहार तथा समझौते की कहानी कही गई है।

मफताहुल फुतूह

इस मसनवी में सुलतान जलालुद्दीन ख़िलजी की विजयों का उल्लेख है।

नुह सिपहर

इस मसनवी में ख़ुसरो ने अपने समय की भारतीय सभ्यता तथा उसकी महानता की जी खोलकर प्रशंसा की है।

तुग़लकनामा

इसमें सुलतान गयासुद्दीन तुग़लक की जीवनी तथा उसकी विजय की कहानी है। यह ख़ुसरो की अन्तिम पुस्तक मानी जाती है।

ख़म्स-ए-ख़ुसरो

यह जिन पांच मसनवियों का संकलन है, उनके नाम हैं —
1. मतउल अन्वर, 2. शीरीं ख़ुसरो, 3. मजनूं व लैला, 4. आइन-ए-सिकन्दरी तथा 5. हश्तबहित।

एजाज़-ए-ख़ुसरवी

यह गद्य रचना है। इसमें भाषा और लेखन-कला के नियम लिखे हैं।

अफ़ज़ल-उल-फवायद

इसमें ख़ुसरो ने अपने आध्यात्मिक गुरु हज़रत निज़ामुद्दीन औलिया के वचन गद्य में लिखे हैं।

ख़जाइनुल-फुतूह

इसी को 'तारीख़-ए-अलाई' भी कहते हैं। इसमें अलाउद्दीन ख़िलजी के काल में घटी घटनाएं दी गई हैं।

ख़ालिकबारी

यह एक प्रकार का फ़ारसी-तुर्की-हिन्दी शब्दकोश है, जो बच्चों की शिक्षा के लिए रचा गया था। इसमें बाल-प्रवृत्तियों का पूरा ध्यान रखकर कवि ने ऐसे-ऐसे पद लिखे हैं, जिन्हें बच्चे जल्दी ही कंठस्थ के कर सकते हैं।

पहेलियां, मुकरियां आदि

ये कविताएं लिखित रूप से कम उपलब्ध हैं। अधिकांश सामग्री वाचिक रूप में ही इस-उस की ज़बान पर फैली-बिखरी पड़ी थी, जिसे संकलित करके नागरी प्रचारिणी सभा द्वारा 'ख़ुसरो की हिन्दी कविता' नामक एक छोटी-सी पुस्तिका में प्रकाशित किया गया है। इसके चयनकर्ता हैं श्री ब्रजरत्नदास, परन्तु इनके अतिरिक्त भी ख़ुसरो की अनेक हिन्दी कविताएं जहां-तहां देखने-सुनने में आती हैं। इनकी खोज की जानी चाहिए।

प्रस्तुत पुस्तक

प्रस्तुत पुस्तक में मैंने अमीर ख़ुसरो की जीवन-कथा की जो झलकियां प्रस्तुत की हैं, वे कथा-शैली में होते हुए भी प्रामाणिक घटनाएं समोए हुए हैं, इनका प्रमाण स्वयं कवि की रचनाएं हैं, जो तथाकथित इतिहास से कहीं अधिक प्रामाणिक मानी जाती हैं।

इस पुस्तक के संकलन भाग के शुरू में मैंने इधर-उधर से खोजकर ख़ुसरो के कुछ गीत, बाबुल गीत तथा अन्य फुटकर रचनाएं दी हैं। साथ ही पुस्तक के अन्त में ख़ुसरो की कुछ फ़ारसी ग़ज़लें हिन्दी अनुवाद सहित प्रस्तुत कर दी हैं।

संकलन

ख़ुसरो के गीत

बहुत कठिन है डगर पनघट की

बहुत कठिन है डगर पनघट की।
कैसे मैं भर लाऊ मधवा से मटकी
मेरे अच्छे निज़ाम पिया।
कैसे मैं भर लाऊं मधवा से
मटकी जरा बोलो निज़ाम पिया।
पनिया भरन को मैं जो गई थी
दौड़ झपट मोरी मटकी पटकी।
बहुत कठिन है डगर पनघट की।
ख़ुसरो निज़ाम के बल-बल जाइए
लाज राखे मेरे घूंघट पट की।
कैसे मैं भर लाऊं मधवा से मटकी
बहुत कठिन है डगर पनघट की।

जब यार देखा नैन भर

जब यार देखा नैन भर,
दिल की गई चिन्ता उतर।

ऐसा नहीं कोई अजब,
राखे उसे समझाय कर।

तू तो हमारा यार है,
तुझ पर हमारा प्यार है।
ख़ुसरो कहें बातें ग़ज़ब,
दिल में लावे कुछ अजब।
क़ुदरत ख़ुदा की है अजब,
जब जिव दिया जितलाय कर।

सगन बिन फूल रही सरसों

अस्थायी

सगन बिन फूल रही सरसों।
अंबवा फूटे, टेसू फूले,
कोयल बोले डार-डार,
और गोरी करत सिंगार
मलनियां गुंदवा ले आई कर सों
सगन बिन फूल रही सरसों।

अन्तरा

तरह-तरह के फूल लगाए,
ले गुंदवा हाथों में आए —
निज़ामुद्दीन के दरवज़्ज़े पर,
आवन कह गए आशक रंग,
और बीत गए बरसों,
सगन बिन फूल रही सरसों।

रंग

अस्थायी

आज रंग है
ऐ मां रंग है
मोरे महबूब के घर रंग है।
साजन मिला वारा
साजन मिला वारा
मोरे घर आज रंग है,
आज रंग है।

अन्तरा

मोहे पीर पायो जी —
निज़ामुद्दीन औलिया,
निज़ामुद्दीन औलिया।
ऐ मां रंग है —
निज़ामुद्दीन औलिया।
जग उजियारा —
जग उजियारा —
वह तो जग उजियारा।
ऐ मां रंग है —
आज रंग है,
मां रंग है।

होली

दैया री मोहे भिजोया री,
शाह निज़ाम के रंग में,
कपड़े रंग के कुछ न होत है,
या रंग मने तन को डुबोया री,
दैया री मोहे भिजोया री।

बाबुल-गीत

परबत बांस मंगाव मोरे बाबुल

परबत बांस मंगाव मोरे बाबुल,
नीका मड़वा छवावो री।
डोलीया फंदाय पियाले चले हैं,
अब संग कोई नहीं आव री॥
गुड़िया खिलौना ताक में रह गए,
नहीं खेलन को दांव री।
निज़ामदीन औलिया बहियां पकर चले,
धरिहों वाके पांव री॥

बहोत रही बाबुल घर दुलहन...

बहोत रही बाबुल घर दुलहन, चल तोरे पी ने बुलाई।
बहोत खेल खेली सखियन से, अन्त करी लरकाई।
बिदा करने को कुटुम्ब सब आए, सगरे लोग-लुगाई।
चार कहार मिल डोलिया उठाई, संग परोहत और भाई।
चले ही बनेगी होत कहा है, नैनन नीर बहाई।
अन्त बिदाहो चलि है दुलहन, काहू कि कछु न बने आई।

मौज़ ख़ुसी सब देखत रह गए, मात-पिता और भाई।
मोरी कौन संग लगन धराई, धन-धन तेरि है खुदाई।
बिन मांगे मेरी मंगनी जो कीनी, नेह की मिसरी खिलाई।
एक के नाम की कर दीनी सजनी, पर घर की जो ठहराई।
गुण नहीं एक औगुन बहोतेरे, कैसे नोशा रिझाई।
ख़ुसरो चले ससुरारी सजनी, संग नहीं कोई आई।

काहे को बियाहे बिदेस

काहे को बियाहे बिदेस,
सुन बाबुल मोरे।
हम तो बाबुल तोरे बाग़ों की कोयल,
कुहकत घर-घर जाऊं,
सुन बाबुल मोरे।
हम तो बाबुल तेरे खेतों की चिड़ियां,
चुग्गा चुगत उड़ि जाऊं,
सुन बाबुल मोरे।
हम तो बाबुल तेरे बेले की कलियां,
जो मांगे चली जाऊं,
सुन बाबुल मोरे।
हम तो बाबुल तेरे खूंटे की गइयां,
जित हांको हंक जाऊं,
सुन बाबुल मोरे।
लाख की बाबुल गुड़िया जो छोड़ी,
छोड़ि सहेलिन का साथ,
सुन बाबुल मोरे।
महल तले से डोलिया जो निकली,
भाई ने खाई पछाड़,

सुन बाबुल मोरे।
आम तले से डोलिया जो निकली,
कोयल ने की है पुकार,
सुन बाबुल मोरे।
तू क्यों रोवे है हमरी कोयलिया,
हम तो चले परदेस,
सुन बाबुल मोरे।
नंगे पांव बाबुल भागत आवै,
साजन डोला लिये जायं,
सुन बाबुल मोरे।

काहे को बियाहे परदेस

काहे को बियाहे परदेस,
सुन बाबुल मोरे।
भइया को दीहे महला-दुमहला,
हमके दिहे परदेस,
सुन बाबुल मोरे।
मैं तो बाबुल तेरे खूंटे की गइयां,
हांका-हूंकी जाऊं परदेस,
सुन बाबुल मोरे।
मैं तो बाबुल तेरे पिंजड़े की चिड़िया
रात बसे उड़ जाऊं,
सुन बाबुल मोरे।
ताख भरी मैंने गुड़िया जो छोड़ी,
छोड़ा दादा मियां का देस,
सुन बाबुल मोरे।
प्यार भरी मैंने अम्मा जो छोड़ी,

छोड़ी दादी जी की गोद,
सुन बाबुल मोरे।
कोठे तले से पलकिया जो निकली,
बिरना ने खाई पछाड़,
सुन बाबुल मोरे।
परदा उठा के मुन्नी जो देखी,
आए बेगाने देस,
सुन बाबुल मोरे।

बूझ पहेलियां

(1)

एक नार वह दांत दंतीली।
पतली दुबली छैल छबीली॥
जब बा तिरियहि लागै भूख।
सूखे हरे चबावे रूख॥
जो बताय वाही बलिहारी।
ख़ुसरो कहे वरे को आरी॥

आरी

(2)

इधर को आवे उधर को जावे।
हर हर फेर काट वह खावे॥
ठहर रहे जिस दम वह नारी।
ख़ुसरो कहे वरे को आरी॥

आरी

(3)

श्याम बरन और दांत अनेक।
लचकत जैसी नारी॥
दोनों हाथ से ख़ुसरो खींचे।
और कहे तू आरी॥

आरी

(4)

एक बुढ़िया शैतान की खाला।
सिर सफ़ेद औ मुंह है काला॥
लुंडों घेरे है वह नार।
लड़के रखे हैं उससे प्यार॥
उछले कूदे नाचे वो।
आग लगे उस बुढ़िभुस को॥

आख की बुढ़िया

(5)

पौन चलत वह देह बढ़ावे।
जल पीवत वह जीव गंवावे॥
है वह प्यारी सुन्दर नार।
नार नहीं पर है वह नार॥

आग

5. नार – आग और स्त्री।

(6)

ऐन मैन है सीप की सूरत आंखें देखी कहती है॥
अन खावे ना पानी पीवे देखे से यह जीती है॥
दौड़ दौड़ जमी पर दौड़े आसमान पर उड़ती है॥
एक तमाशा हमने देखा हाथ पांव नहिं रखती है॥

आंख

(7)

फ़ारसी बोली आई ना।
तुर्की ढूंढ़ी पाई ना॥
हिन्दी बोली आरसी आए।
ख़ुसरो कहें कोई न बताए॥

आरसी

(8)

टूटी टूट के धूप में पड़ी।
जों जों सूखी हुई बड़ी॥

बड़ी

(9)

एक नार जब बन कर आवे।
मालिक अपने उपर बुलावे॥

7. आ. हि., ज., ह.।

है वह नारी सब के गौं की।
ख़ुसरो नाम लिए तो चौंकी॥

चौकी

(10)

घूम घुमेला लहंगा पहिने एक पांव से रहे खड़ी।
आठ हाथ हैं उस नारी के सूरत उसकी लगे परी॥
सब कोई उसकी चाह करे हैं मुसलमान हिन्दू छत्री।
ख़ुसरू ने यह कही पहेली दिल में अपने सोच जरी॥

छाता

(11)

बाला था जब सबको भाया।
बढ़ा हुआ कछु काम न आया॥
खुसरू कह दिया उसका नांव।
अर्थ करो नहिं छोड़ो गांव॥

दीया

(12)

नारी से तू नर भई औ श्याम बरन भइ सोय।
गली-गली कूकत फिरे कोइलो कोइलो लोय॥

कोयला

(13)

सरकंडों के ठट्ट बंधे और बन्द लगे हैं भारी।
देखी है पर चाखी नाहीं लोग कहे हैं खारी॥

खारी

(14)

घूम घाम के आई है औ मेरे मन को भाई है।
देखी है पर चाखी नाहीं, अल्ला की कस्म खाई है॥

खाई।

(15)

पान फूल वाके सर मां हैं।
लड़े कटें जब मद पर आहैं॥
चिट्टे काले वाके बाल॥
बूझ पहेली मेरे लाल॥

लाल चिड़िया

(16)

गोल मटोल और छोटा मोटा।
हरदम वह तो जमीं पर लोटा॥
ख़ुसरो कहे नहीं है झूटा।
जो ना बूझे अकिल का खोटा॥

लोटा

(17)

खड़ा भी लोटा पड़ा भी लोटा।
है बैठा और कहें है लोटा॥
ख़ुसरो कहें समझ का टोटा॥

लोटा

(18)

एक नार हाथे पर खासी। जनवर बैठा बीच खवासी॥
अता पता मत पूछो हमसे। कुछ तो महरम होगी उससे॥

अंगिया

(19)

एक नार चरन वाके चार।
स्याम बरन सूरत बदकार॥
बूझो तो मुश्क है न बूझो तो गंवार॥

मुश्क

(20)

सावन भादों बहुत चलत है माघ पूस में थोरी।
अमीर ख़ुसरो यों कहे तू बूझ पहेली मोरी॥

मोरी

---

(18) महरम — अंगिया और परिचित होना।

(20) हिन्दी से पाठान्तर — चार महीने बहुत चले हैं और महीने थोरी।
अमीर ख़ुसरो यों कहे तू बता पहेली मोरी॥

(21)

अंदर है और बाहर बहे।
जो देखे सो मोरी कहे॥

मोरी

(22)

मुझको आवे यही परेख।
पैर न गर्दन मोढ़ा एक॥

मोढ़ा

(23)

एक मंदिर के सहस्र दर।
हर दर में तिरिया का घर॥
बीच बीच वाके अमृत ताल।
बूझ है इसकी बड़ी महाल॥

शहद का छत्ता

(24)

एक नार तरवर से उतरी सर पर वाके पांव।
ऐसी नार कुनार को मैं ना देखन जांव॥

मैना

---

(23) महाल — कठिन, शहद का छत्ता।

(25)

हाड़ की देही उज्जल रंग।
लिपटा रहैं नारि के संग॥
चोरी की ना ख़ून किया।
वाका सिर क्यों काट लिया॥

नाख़ून

(26)

बीसों का सिर काट लिया।
ना मारा ना ख़ून किया॥

नाख़ून

(27)

जल जल चलता बसता गांव।
बस्ती में ना वाका ठांव॥
ख़ुसरू ने दिया वाका नांव।
बूझ अरथ नहिं छोड़ो गांव॥

नाव

---

(26) आ., हि., ज.।

(28)

एक नार तरवर से उतरी मा सो जनम पायो।
बाप को ठांव जो वासे पूछ्यो आधो नांव बतायो॥
आधो नांव बतायो ख़ुसरू कौन देस की बोली।
वाको नांव जो पूछ्यो मैंने अपने नांव न बोली॥

निबोली

(29)

नर नारी की जोड़ी दीठी।
जब बोलै तब लागै मीठी॥
एक नहाय एक तापनहारा।
चल ख़ुसरो कर कूच नकारा॥

नकारः

(28) आ. हि. से पाठान्तर —
तरवर से एक तिरिया उतरी उसने बहुत रिझाया।
बाप का उसके नाम जो पूछा आधा नाम बताया॥
आधा नाम पिता पर वाका बूझ पहेली मोरी।
अमीर ख़ुसरो यों कहे अपने नाम निबोरी॥
नीम के फल को निबोली या निमौड़ी कहते हैं। फ़ारसी में नीम का अर्थ आधा है। उर्दू में नबोली, निबोली एक ही प्रकार लिखा जाता है।

(29) पाठान्तर — नहि कीच न गारा।

बिनबूझ पहेलियां

(1)

बिधना ने एक परख बनाया।
तिरिया दी और नीर लगाया॥
चूक भई कुछ वासे ऐसी।
देश छोड़ भयो परदेसी॥

आदमी

(2)

एक नार पिया को भानी।
तन वाको सगरा जों पानी॥
आब रखे पर पानी नांह।
पिया को राखे हिर्दय मांह॥
जब पी को वह मुख दिखलावे।
आपहि सगरी पी हो जावे॥

दर्पण

1. आदम — हज़रत आदम पहले मनुष्य थे, जिनसे आदमियों का वंश चला। गेहूं खाने के कारण ख़ुदा ने इन्हें हौआ नामक स्त्री के साथ स्वर्ग से निकाल मृत्युलोक के लंकाद्वीप में भेज दिया।

(3)

झिलमिल का कुआं रतन की क्यारी।
बताओ तो बताओ नहीं दूंगी गारी॥

दर्पण

(4)

आना जाना उसका भाए।
जिस घर जाए लकड़ी खाए॥

आरी

(5)

एक थाल मोती से भरा।
सबके सिर पर औंधा धरा॥
चारों ओर वह थाली फिरे।
मोती उससे एक न गिरे॥

आकाश

(6)

एक पेड़ रेती में होवे। बिन पानी दिए हरा रहे॥
पानी दिए से वह जल जाय। आंख लगे अन्धा हो जाय॥

आंख

(7)

जा घर लाल बलैया जाय।
ताके घर में दुंद मचाय॥
लाखन मन पानी पी जाय।
धरा ढका सब घर का खाय॥

आग

(8)

एक पुरुख जब मद पर आय।
लाखों नारी संग लपटाय॥
जब वह नारी मद पर आय।
तब वह नारी नर कहलाय॥

आम

(9)

आवे तो अंधेरी लावे।
जावे तो सब सुख ले जावे॥
क्या जानूं वह कैसा है।
जैसा देखो वैसा है॥

आंख

(10)

अरथ तो इसका बूझेगा। मुंह देखो तो सूझेगा॥

दर्पण

(11)

हाथ में लीजे देखा कीजे॥

दर्पण

(12)

सामने आए कर दे दो।
मारा जाय न ज़ख़्मी होय॥

दर्पण

(13)

श्याम बरन की है एक नारी।
माथे ऊपर लागे प्यारी॥
जो मानुस इस अरथ को खोले।
कुत्ते की वह बोली बोले॥

भौं

(14)

गोरी सुन्दर पातली,
केसर काले रंग।
ग्यारह देवर छोड़ के,
चली जेठ के संग॥

अरहर

(15)

एक नार जाके मुंह सात।
सो हम देखी बेंडी जात॥
आधा मानुस निगले रहे।
आंखों देखी ख़ुसरू कहे॥

पैजामा

(16)

एक नार दो को ले बैठी।
टेढ़ी होके बिल में पैठी॥
जिसके बैठे उसे सुहाय।
ख़ुसरू उसके बल बल जाय॥

पैजामा,

(17)

आग लगे फूले फले,
सींचत जावे सूख।
मैं तोहिं पूछौं ऐ सखी,
फूल के भीतर रूख॥

अनार (आतिशबाज़ी)

---

(15) न., ज.
(16) न.।

(18)

रात समय एक सूहा आया।
फूलों पातों सबको भाया॥
आग दिए वह होए रूख।
पानी दिए वह जावे सूख॥

अनार (आतिशबाज़ी)

(19)

उज्जल अति वह मोती बरनी।
पाई कंत दिए मोहि धरनी॥
जहां धरी थी वहां न पाई।
हाट बज़ार सभी ढूंढ़ आई॥
सुनो सखी अब कीजिए क्या।
पी मांगे तो दीजे क्या॥

ओला

(20)

देख सखी पी की चतुराई।
हाथ लगावत चोरी आई॥

ओला

(21)

जल से गाढ़ो थल धरो,
जल देखे कुम्हिलाय।
लाओ बसुंदर फूंक दें,
जो अमर बेल हो जाय॥

(22)

बांसबरेली से एक नारी।
आई अपने बंद कटारी॥
पी कुछ उसके कान में फूंके।
बोली वह सुन पी के मुंह के॥
आह पिया यह कैसी कीनी।
आग बिरह की भड़का दीनी॥

बांसुरी

(23)

एक राजा की अनोखी रानी। नीचे से वह पीवे पानी॥

दीया की बत्ती

(24)

एक नार ने अचरज किया।
सांप मार पिंजरे में दिया॥
जों जों सांप ताल को खाए।
ताल सूख सांप मर जाए॥

दीया बत्ती

(25)

है वह नारी सुन्दर नार।
नार नहीं पर है वह नार॥
दूर से सब को छबि दिखलावे।
हाथ किसी के कभू न आवे॥

बिजली

(26)

आगे से वह गांठ गठीला।
पीछे से है टेढ़ा॥
हाथ लगाए क़हर खुदा का।
बूझ पहेला मेरा॥

बिच्छू

(27)

भांति भांति की देखी नारी।
नीर भरी है गोरी काली॥
ऊपर बसें और जग धावें।
रच्छा करें जब नीर बहावें॥

बादल

(28)

एक नार नौरंगी चंगी।
वह भी नार कहावे॥
भांति भांति के कपड़े पहने।
लोगों को तरसावे॥

बादल

(29)

एक अचंभा देखो चल।
सूखी लकड़ी लगे फल।
जो कोई इस फल को खावे।
पेड़ छोड़ कहिं और न जावे॥

बर्छी

(30)

उज्जल बरन अधीन तन, एक चित्त दो ध्यान।
देखत में तो साधु है, पर निपट पाप की खान॥

बक

(31)

एक नार वह औषध खाए।
जिस पर थूके वह मर जाए॥
उसका पी जब छाती लाय।
अंधा नहिं काना हो जाय॥

बन्दूक़

(32)

एक तरुवर का फल है तर।
पहले नारी पीछे नर॥
वा फल की यह देखो चाल।
बाहर खाल और भीतर बाल॥

भुट्टा

(33)

आगे आगे बहिना आई पीछे पीछे भइआ।
दांत निकाले बाबा आए बुरका ओढ़े मैया॥

भुट्टा

(34)

सर पर जटा गले में झोली किसी गुरु का चेला है।
भर भर झोली घर को धावें उसका नाम पहेला है॥

भुट्टा

(35)

एक गांव में सदहा कूएं,
कुएं कुएं पनिहार।
मूरख तौ जाने नहीं,
चतुरा करे विचार॥

बर्रे का छत्ता

(36)

श्यामबरन पीतांबर कांधे,
मुरली धरे न होय।
बिन मुरली वह नाद करत है,
बिरला बूझै कोय॥

भौंरा

(37)

अचरज बंगला एक बनाया।
ऊपर नींव तले घर छाया॥
बांस न बल्ली बंधन घने।
कह ख़ुसरो घर कैसे बने॥

बया का घोंसला

(38)

एक नार करतार बनाई। ना वह क्वारी ना वह ब्याही॥
सूहा रंगहि वाको रहै। भाबी भाबी हर कोई कहै॥

बीरबहूटी

(39)

एक नार करतार बनाई।
सूहा जोड़ा पहिन के आई॥
हाथ लगाए वह शर्माय।
या नारी को चतुर बताय॥

बीरबहूटी

(40)

एक गुनी ने यह गुन कीना।
हरियल पिंजरे में दे दीना॥
देखो जादूगर का हाल।
डाले हरा निकाले लाल॥

पान

(41)

हरा रूप है निज वह बात।
मुख में धरे दिखावें जात॥
तीन वस्तु से अधिक पियार।
जानिब हैं सबसे नर नार॥
हर एक सभा का रखे मान।
चतुराई की ठाट पहिचान॥

पान

(42)

अजब तरह की है एक नार।
वाका मैं क्या करूं विचार॥
दिन वह रहे बदी के संग।
लाग रही निस वाके अंग॥

परछाईं

(43)

एक पुरख औ नौलख नारी।
सेज चढ़ी वह तिरिया सारी॥
जले पुरुष देखे संसार।
इन तिरियों का यही सिंगार॥

हांड़ी

(44)

एक पुरुख औ सहसों नार।
जले पुरुख देखे संसार॥
बहुत जले और होवे राख।
तब तिरियों की होवे साख॥

हांड़ी

(45)

धूपों से वह पैदा होवे, छांव देख मुर्झावे।
एरी सखी मैं तुझसे पूछूं, हवा लगे मर जावे॥

पसीना

(46)

सोने की एक नार कहावे।
बिना कसौटी बान दिखावे॥

पलंगड़ी

(47)

चाम मास वाके नहीं नेक।
हाड़ हाड़ में वाके छेद॥
मोहि अचंभो आवत ऐसे।
वामें जीउ बसत है कैसे॥

पिंजड़ा

(48)

खेत में उपजे सब कोई खाय।
घर में होवे घर खा जाय।

फूट

(49)

एक नार कुएं में रहे।
वाका नीर खेत में बहे॥
जो कोई वाके नीर को चाखे।
फिर जीवन की आस न राखे॥

तलवार

(50)

एक नार दर सींगों से।
नित खेले उठ धींगों से॥
जिसके द्वार जाय के अड़े।
बे मानुष लिये नहीं टले॥

डोली

(51)

एक कन्या ने बालक जाया।
वा बालक ने जगत सताया॥
मारा मरे न काटा जाय।
वा बालक को नारी खाय॥

जाड़ा

(52)

ताना बाना जल गया
जला नहीं एक तागा।
घर का चोर पकड़ गया
घर में मोरी में से भागा॥

जाल

(53)

बिना सिर का निकला चोरी को,
बिन थन की पकड़ी जाए।
दौड़ी या बिन पाओं के,
बिन सिर का लिये जाय॥

जाल

(54)

क्या करूं बिन पाओं के,
तुझे ले गया बिन सिर का।
क्या करूं लंबी दुम के,
तुझे खा गया बिन चोंच का लड़का॥

जाल

(55)

दूध में दिया दही से लिया।

जोर

(56)

काजल की कजलौटी उधो,
पेड़न का सिंगार।
हरी डाल पै मैना बैठी,
है कोइ बूझनहार॥

जामुन

(57)

डाला था सब को मन भाया।
टांग उठाकर खेल बनाया॥
कमर पकड़ के दिया ढकेल।
जब होवे वह पूरा खेल॥

झूला

(58)

एक पुरुष बहुत गुन भरा।
लेटा जागै सोवे खड़ा॥
उलटा होकर डाले बेल।
यह देखो करतार का खेल॥

चरखा

(59)

एक नारी के हैं दो बालक,
दोनों एक हि रंग।
एक फिरे एक ठाढ़ा रहे
फिर भी दोनों संग॥

चक्की

(60)

नई की ढीली पुरानी की तंग।
बूझो तो बूझो नहीं चलो मेरे संग॥

चिलम

(61)

चालीस मन की नार रखावे,
सूखी जैसे तीली।
कहने को पर्दे की बीबी,
पर वह रंग रंगीली॥

चिलमन

(62)

मिला रहे तो नर रहे,
अलग होय तो नार।
सोने का सा रंग है,
कोई चतुरा करे विचार॥

चना

(63)

चटाख पटाख कब से।
हाथ पकड़ा जब से॥
आह आवे कब से।
आधा गया जब से॥
चुप चाप कब से।
सारा गया जब से॥

चूड़ियां

(64)

तीनों तेरे हाथ में, मैं फिरूं तेरे घात में।
मैं हर फिर मारूं तेरी, तू बूझ पहेली मेरी॥

चौसर

(65)

चारों दिशा की सोलह रानी।
तीन पुरुख के हाथ बिकानी॥
मरना जीना उसके हाथ।
कभी न सोवें वह एक साथ॥

चौसर

(66)

बालों बांधी एक छिनाल।
नित वो रहवे खोले बाल॥
पी को छोड़ नफ़र से राजी।
चतुरा हो सो जीते बाजी॥

सुन्दरी

(67)

बाल नुचे कपड़े फटे,
मोती लिये उतार॥
यह बिपता कैसे बनी,
जो नंगी कर दई नार॥

भुट्टा

(68)

एक रूख में अचरज देखा
डाल घनी दिखलाने।
एक है पत्ता वाके ऊपर
माथ छुए कुम्हलावे॥
सुन्दर वाकी छांब है
और सुन्दर वाको रूप॥
खुला रहे और नहिं कुम्हलावे
जों जों लागे धूप॥

छतरी

(69)

गोल गात और सुन्दर मूरत,
काला मुंह तिसपर खुबसूरत।
उसको जो हो मरहम बूझे,
सीना देख पिरोना सूझे॥

छाता

(70)

अगिन कुंड में घिर गया,
औ जल में किया निकास।
परदे परदे आवता,
अपने पिय के पास॥

हुक्के का धुआं

(71)

सुख के कारज बना एक मंदर।
पौन न जावे वाके अंदर॥
इस मंदर की रीत दिवानी।
बुझावे आग और ओढ़ें पानी॥

स्नानघर

(72)

स्याम बरन एक नार कहावे।
तांबा अपना नाम धरावे
जो कोइ वाको मुख पर लावे।
रती से सैर खा जावे॥

मिस्सी

(73)

सूली चढ़ मुसकत करे,
स्याम बरन एक नार।
दो से दस से बीस से,
मिलत एकही बार॥

मिस्सी

(74)

नर से पैदा होवे नार।
हर कोई उससे रखे प्यार॥
एक ज़मानः उसको खावे।
ख़ुसरो पेट में वह ना जावें॥

धूप

(75)

पी के नाम से बिकत है,
कामिन गोरी गात।
एक बेर दो बेर सती भइ,
पिया न पूछे बात॥

दियासलाई

---

(73) दो, दस और बीस का जोड़ बत्तीस होता है। इतने दांत प्रत्येक मनुष्य के मुख में होते हैं।

(76)

ऐन पहेली तीन का गुच्छा,
जिसमें एक सुन्दर है।
ऐ सखी मैं तुझ से पूछूं,
दो बाहर एक अन्दर है॥

डोली

(77)

श्याम बरन औ सोहनी, फूलन छाई पीठ।
सब सूरन के गले पड़त है, ऐसी बन गई ढीठ॥

ढाल

(78)

लोहे के चने दांत तले पाते हैं उसको।
खाया वह नहीं जाता है पर खाते हैं उसको॥

रुपया

(79)

दानाई से दांत उस पै लगाता नहिं कोई।
सब उसको भुनाते हैं पै खाता नहिं कोई॥

रुपया

(80)

चंद्रबदन ज़ख़्मी तन
पांव बिना वह चलता है।
अमीर ख़ुसरो यों कहें
वह हौले हौले चलता है॥

रुपया

(81)

एक राजा ने महल बनाया।
एक थम पर वाने बंगला छाया॥
भोर भई जब बाजी बम।
नीचे बंगला ऊपर थम॥

रई

(82)

मोटा पतला सब को भावे।
दो मीठों का नाम धरावे॥

सकरकन्द

(83)

एक नारी के सर नार।
पी के लगन में खड़ी लचार॥
सीस धुने औ चले न ज़ोर।
रो रो कर वह करे है भोर॥

दीपशिखा

(84)

जब काटो तबही बढ़े,
बिन काटे कुम्हिलाए।
ऐसी अद्भुत नार का,
अन्त न पायो जाए॥

दीपशिखा

(85)

एक पुरुख का अचरज लेखा।
मोती फलती आंखों देखा॥
जहां से उपजे वहां समाय।
जो फल गिरे सो जल जल जाय॥

फुआरा

(86)

जब से तरुवर उपजा एक।
पात नहीं पर डाल अनेक॥
इस तरुवर की सीतल छाया।
नीचे एक न बैठन पाया॥

फुआरा

(87)

बात की बात ठठोली की ठठोली।
मरद की गांठ औरत ने खोली॥

ताला

(88)

भीतर चिलमन बाहर चिलमन, बीच कलेजा धड़के।
अमीर ख़ुसरो यों कहें, वह दो दो अंगुल सरके॥

कैंची

(89)

आदि कटे से सब को पाले।
मध्य कटे से सब को मारे॥
अन्त कटे से सबको मीठा।
ख़ुसरू वाको आंखों दीठा॥

काजल

(90)

जल कर उपजे जल में रहे।
आंखों देखा ख़ुसरू कहे॥

काजल

(91)

आधा मटका सारा पानी।
जो बूझे सो बड़ा गिआनी॥

काजल

(92)

एक नार चातुर कहलावे।
मूरख को ना पास बुलावे॥
चातुर मरद जो हाथ लगावे।
खोल सतर वह आप दिखावे॥

पुस्तक

(93)

कीली पर खेती करे,
औ पेड़ में दे दे आग।
रास ढोए घर में रखे,
बह जाए रह राख॥

कुम्हारे

(94)

माटी रौंदूं चक धरूं,
फेरूं बारंबार।
चातुर हो तो जान ले,
मेरी जात गंवार॥

कुम्हार

(95)

एक पुरुख ने ऐसी करी।
ख़ूटी ऊपर खेती करी॥
खेती बारी दई जलाय।
वाई के ऊपर बैठा खाय॥

कुम्हार

(96)

चार अंगुल का पेड़ सवा मन का पत्ता।
फल लगे अलग अलग पक जाय इकट्ठा॥

चाक

(97)

अंगूठे सी जड़ चौड़ा पात।
छोटे बड़े फल एकही साथ॥

चाक

(98)

पानी में निस दिन रहे,
जाके हाड़ न मास।
काम करे तलवार का,
फिर पानी में बास॥

कुम्हार का डोरा

(99)

एक जानवर जल में रहे, औ मन में वाके खींच॥
उछल वार खांडा करे, जल का जल के बीच॥

कुम्हार का डोरा

(100)

गांठ गंठीला रंग रंगीला,
एक पुरुख हम देखा।
मरद इस्तरी उसको रखें,
उसका क्या कहुं लेखा॥

कंठा

(101)

एक कहानी मैं कहूं,
तू सुन ले मेरे पूत।
बिना परों वह उड़ गया,
बांध गले में सूत॥

गुड्डी

(102)

नारी काट के नर किया,
सबसे रहे अकेला।
चलो सखी वां चल के देखें,
नर नारी का मेला॥

कुआं

(103)

अंबर चढ़े न भू गिरे,
धरती धरे न पांव।
चांद सुरज ओझल बसे,
वाका क्या है नांव॥

गूलर का भुनगा

(104)

एक नार पानी पर तरे।
उसका पुरुष लटका मरे॥
जों जों खंदी गोता खाय।
दूं दूं भडुआ मारा जाय॥

घड़ी घंटा

(105)

अंधा बहिरा गूंगा बोले गूंगा आप कहावे।
देख सफ़ेदी होत अंगारा गूंगे से भिड़ जावे॥
बांस का मंदिर वाका वासा बासे का वह खाजा।
संग मिले तो सिर पर रखें वाको रानी राजा॥
सी सी करके नाम बताया तामें बैठा एक।
उल्टा सीधा हर फिर देखो वही एक का एक॥
भेद पहेली मैं कही तू सुन ले मेरे लाल।
अरबी हिन्दी फ़ारसी तीनों करो खियाल॥

लाल

(106)

उकरू बैठ के मारन लागा, बीच कलेजा धड़के।
अमीर ख़ुसरो यों कहें, वह दो दो अंगुल सरके॥

मुठिया

---

(105) लाल — (फ़ारसी) गूंगा-बहरा, (अरबी) सुर्ख रंग, (हिन्दी) एक चिड़िया, छोटा बच्चा, एक रत्न और लार।
बासे — शिकारी चिड़िया।
संग — साथ और पत्थर।

(107)

एक जानवर रंग रंगीला,
बिन मारे वह रोवे।
उसकी मां पर तीन तिलाकें,
बिना बताए सोवे॥

मोर

(108)

सर पर जाली पेट से ख़ाली।
पसली देख एक एक निराली॥

मोढ़ा

(109)

बांस काटे ठांय ठांय नद्दी को कंगुआय।
कंवल का सा फूल जैसे अंगुल अंगुल जाय॥

नाव

(110)

ऊपर से वह सूखी साखी नीचे से पनहाई।
एक उतरे और एक चढ़े और एक ने टांग उठाई॥
मोटा डंडा खाने लागी यह देखो चतुराई।
अमीर ख़ुसरो यों कहें तुम अरथ देव बताई॥

नाव

(111)

मीठी मीठी बात बनावे,
ऐसा पुरुख वह किसको भावे।
बूढ़ा बाला जो कोई आए,
उसके आगे सीस नवाए॥

नाई

(112)

नारी में नारी बसे,
नारी में नर दोय।
दो नर में नारी बसे,
बूझे बिरला कोय॥

नथ

(113)

एक नार दखिन से आई।
है वह नर और नार कहाई॥
काला मुंह कर जग दिखलावे।
मोय हरे जब वाको पावे॥

नगीना

(114)

लाल रंग वह चिपटा चिपटा,
मुंह को करके काला।
थूक लगाकर दाब दिया,
जब ख़सम का नाम निकाला॥

नगीना

कह मुकरियां

(1)

बरसा बरस वह देस में आवे।
मुंह से मुंह लगा रस प्यावे॥
वा ख़ातिर में खरचे दाम।
ऐ सखी साजन ना सखी आम॥

(2)

सोभा सदा बढ़ावन हारा।
आंखों ते छिन होत न न्यारा॥
आए फिर मेरे मन रंजन।
ऐ सखी साजन ना सखी अंजन॥

(3)

कसके छाती पकड़े रहे।
मुंह से बोले न बात कहे॥
ऐसा है कामिनि का रंगिया।
ऐ सखी साजन ना सखी अंगिया॥

(4)

बन में रहे वह तिरछी खड़ी।
देख सके मेरे पीछे पड़ी॥
उन बिन मेरा कौन हवाल।
ऐ सखी साजन ना सखी बाल॥

(5)

पड़ी थी मैं अचानक चढ़ आयो।
जब उतर्‌यो तो पसीनो आयो॥
सहम गई नहिं सकी पुकार।
ऐ सखी साजन ना सखी बुख़ार॥

(6)

आंख चलावे भौं मटकावे।
नाच कूद के खेल खिलावे॥
मन में आवे ले जाऊं अंदर।
ऐ सखी साजन ना सखी बंदर॥

(7)

उछल कूद के वह जो आया।
धरा ढंका वह सब कुछ खाया॥
दौड़ झपट जा बैठा अंदर।
ऐ सखी साजन ना सखी बंदर॥

(8)

छोटा मोटा अधिक सोहाना।
जो देखे सो होय दिवाना॥
कभी यह बाहर कभी वह अंदर।
ऐ सखी साजन ना सखी बंदर॥

(9)

सेज रंग मेहंदी पर धावे।
कर छूवत नैनन चढ़ जावे॥
बैठत उठत मड़ोड़त अंग।
ऐ सखी साजन ना सखी भंग॥

(10)

हरा रंग मोहिं लागत नीको।
वा बिन जग लागत है फीको॥
उतरत चढ़त मड़ोड़त अंग।
ऐ सखी साजन ना सखी भंग॥

(11)

वाको रगड़ा नीको लागे।
चढ़े जोबन पर मज़ा दिखावे॥
उतरत मुंह का फीका रंग।
ऐ सखी साजन ना सखी भंग॥

(12)

मो ख़ातिर बज़ार से आवे।
करे सिंगार तब चूमा पावे॥
मन बिगड़े नित राखत मान।
ऐ सखी साजन ना सखी पान॥

(13)

बन ठन के सिंगार करे।
धर मुंह पर मुंह प्यार करे॥
प्यार से मौपै देत है जान।
ऐ सखी साजन ना सखी पान॥

(14)

वा बिन मोको चैन न आवे।
वह मेरा तिस आन बुझावे॥
हैं यह सब गुन बारह वानी।
ऐ सखी साजन ना सखी पानी॥

(15)

आप हले वह मोय हिलावे।
वाका हिलना मोको भावे॥
हिल हिल के वह हुआ नसंखा।
ऐ सखी साजन ना सखी पंखा॥

(16)

छठे छमाहे मेरे घर आवे।
आप हले और मोय हलावे॥
नाम लेत मोय आवे संक्खा।
ऐ सखी साजन ना सखी पंखा॥

(17)

रात दिना जाको है गौन।
खुले द्वार वह आवे भौन॥
वाको हर एक बतावे कौन।
ऐ सखी साजन ना सखी पौन॥

(18)

ह्राट चलत मैं पड़ा जो पाया।
खोटा खरा मैं ना परखाया॥
ना जानूं वह हैगा कैसा।
ऐ सखी साजन ना सखी पैसा॥

(19)

रात समय वह मेरे आवे।
भोर भए वह घर उठ जावे॥
यह अचरज है सबसे न्यारा।
ऐ सखी साजन ना सखी तारा॥

(20)

मद भर जोर हमें दिखलावे।
मुफत मेरे छाती चढ़ आवे॥
छूट गया सब पूजा जप।
ऐ सखी साजन ना सखी तप॥

(21)

घर आवें मुख फेर धरें।
दें दुहाई मन को हरें॥
कभू करत हैं मीठे बैन।
कभू करत हैं रूखे नैन॥
ऐसा जग में कोऊ होता।
ऐ सखी साजन ना सखी तोता॥

(22)

सबज रंग औ मुख पर लाली।
उस पीतम गल कंठी काली॥
भाव सुभाव जंगल में होता।
ऐ सखी साजन ना सखी तोता॥

(23)

अति सारंग है रंग रंगीलो।
औ गुनवंत बहुत चटकीलो॥
राम भजन बिन कभू ना सोता।
ऐ सखी साजन ना सखी तोता॥

(24)

लौंडी भेज उसे बुलवाया।
नंगी होकर मैं लगवाया॥
हमसे उससे हो गया मेल।
ऐ सखी साजन ना सखी तेल॥

(25)

सुरुख सफ़ेद है वाका रंग।
सांझ फिरी मैं वाके संग॥
गले में कंठा स्याह थे गेसू।
ऐ सखी साजन ना सखी टेसू॥

(26)

जोर भरो हैं ज्वानी दिखावत।
हुमुकि हुमुकि मो पै चढ़ि आवत॥
पेट में पाऊं दे दे मारा।
ऐ सखी साजन ना सखी जारा॥

(27)

लपट, लपट के वाके सोई।
छाती से पांव लगा के रोई॥
दांत से दांत बजे तो ताड़ा।
ऐ सखी साजन ना सखी जाड़ा॥

(28)

टप टप चूसत तन को रस।
वासे नाहीं मेरा बस॥
लट लट के मैं हो गई पिंजरा।
ऐ सखी साजन ना सखी जरा॥

(29)

नंगे पांव फिरन नहिं देत।
पांव से मिट्टी लगन नहिं देत॥
पांव का चूमा लेत निपूता।
ऐ सखी साजन ना सखी जूता॥

(30)

द्वारे मोरे अलख जगावे।
भभूत विरह के अंग लगावे॥
सिंगी फूंकत फिरै वियोगी।
ऐ सखी साजन ना सखी जोगी॥

(31)

ऊंची अटारी पलंग बिछायो।
मैं सोई मेरे सिर पर आयो॥
खुल गईं अंखियां भई अनंद।
ऐ सखी साजन ना सखी चंद॥

(32)

नित मेरे घर वह आवत है।
रात गए फिर वह जावत है॥
फंसत अमावस गोरि के फंदा।
ऐ सखी साजन ना सखी चंदा॥

(33)

आधि रात गए आयो दइ मारो।
सब आभरन मेरे तन से उतारो॥
इतने में सखी हो गई भोर।
ऐ सखी साजन ना सखी चोर॥

(34)

मेरे घर में दीनी सेंध।
दुलकत आवे जैसे गेंद॥
वाके आए पड़त हैं सोर।
ऐ सखी साजन ना सखी चोर॥

(35)

मोको तो हाथी को भावे।
घटे बढ़े पर मोय न सुहावे॥
ढूंढ़ ढांढ़ के लाई पूरा।
क्यों सखी साजन ना सखी चूड़ा॥

(36)

अंगों मेरे लिपटा रहे।
रंग रूप का सब रस पिए॥
मैं भर जनम न वाको छोड़ा।
ऐ सखी साजन ना सखी चूड़ा॥

(37)

सोलह महर या सेज पे लावै।
हड्डी से हड्डी खटकावै॥
खेलत खेल है बाजी बद कर।
ऐ सखी साजन ना सखी चौसर॥

(38)

न्हाय धोय सेज मेरी आयो।
ले चूमा मुंह मुंहहिं लगायो॥
इतनि बात पै थुक्कम थुक्का।
ऐ सखी साजन ना सखी हुक्का॥

(39)

आप जले औ मोय जलावै।
पी पी कर मोरे मुंह आवे॥
एक मैं अब मारूंगी मुक्का।
ऐ सखी साजन ना सखी हुक्का॥

(40)

बड़ो सयानो दम दे जाय।
मुंह की मेरे मिट्टी ले जाय॥
हरदम बाजे थुक्कम थुक्का।
ऐ सखी साजन ना सखी हुक्का॥

(41)

रैन पड़े जब घर में आवे।
वाका आना मो को भावे॥
कर पर्दा मैं घर में लिया।
ऐ सखी साजन ना सखी दिया॥

(42)

एक सजन वह गहरा प्यारा।
जा से घर मेरा उजियारा॥
भोर भई तब बिदा मैं किया।
ऐ सखी साजन ना सखी दिया॥

(43)

सारि रैन मोरे संग जागा।
भोर भए तब बिछुड़न लागा॥
वाके बिछुड़त फाटे हिया।
ऐ सखी साजन ना सखी दिया॥

(44)

वह आवे तब शादी होय।
उस बिन दूजा और न कोय॥
मीठे लागैं वाके बोल।
ऐ सखी साजन ना सखी ढोल॥

(45)

एक सजन मेरे मन को भावे।
जासे मजलिस खड़ी सुहावे॥
सूत सुनूं उठ दौड़ूं जाग।
ऐ सखी साजन ना सखी राग॥

(46)

बखत बे बखत मोयं वाकी आस।
रात दिन वह रहवत पास॥
मेरे मन को सब करत है काम।
ऐ सखी साजन ना सखी राम॥

(47)

तन मन धन का है वह मालिक।
वाने दिया मेरे गोद में बालक॥
वासे निकसत जीको काम।
ऐ सखी साजन ना सखी राम॥

(48)

द्वारे मोरे खड़ा रहे।
धूप छांव सब सर पर सहे॥
जब देखो मोरी जाए भूख।
ऐ सखी साजन ना सखी रूख॥

(49)

मेरा मुंह पोंछे मोको प्यार करे।
गरमी लगे तो बयार करे॥
ऐसा चाहत सुन यह हाल।
ऐ सखी साजन ना सखी रूमाल॥

(50)

सेज पड़ी मेरे आंखों आया।
डाल सेज मोहिं मजा दिखाया॥
किससे कहूं मजा मैं अपना।
ऐ सखी साजन ना सखी सपना॥

(51)

उकड़ूं बैठ के मांपत है।
सौ सौ चकर देके घुमावत है॥
तब वाके रस की क्या देत बहार।
ऐ सखी साजन ना सखी सुनार॥

(52)

अति सुन्दर जग चाहे जाको।
मैं भी देख भुलानी वाको॥
देख रूप भाया जो टोना।
ऐ सखी साजन ना सखी सोना॥

(53)

मेरो मोसे सिंगार करावत।
आगे बैठ के मान बढ़ावत॥
वासे चिक्कन ना कोउ दीसा।
ऐ सखी साजन ना सखी सीसा॥

(54)

बाट चलत मोरा अचरा गहे।
मेरी सुने न अपनी कहे॥
ना कुछ मोसो झगड़ा झांटा।
ऐ सखी साजन ना सखी कांटा॥

(55)

दुर दुर करूं तो दौड़ा आए।
छन आंगन छन बाहर जाए॥
दीहल छोड़ कहीं नहीं सुतता।
ऐ सखी साजन ना सखी कुत्ता॥

(56)

टट्टी तोड़ के घर में आया।
अरतन बरतन सब सरकाया॥
खा गया पी गया दे गया बुत्ता।
ऐ सखी साजन ना सखी कुत्ता॥

(57)

वाकी मोको तनिक न लाज।
मेरे सब वह करत है काज॥
मूड़ से मोको देखत नंगी।
ऐ सखी साजन ना सखी कंघी॥

(58)

आठ अंगुल का है वह असली।
उसके हडी ने उसके पसली॥
लटा धारी गुरु का चेला।
ऐ सखी साजन ना सखी केला॥

(59)

देखन में वह गांठ गठीला।
चाखन में वह अधिक रसीला॥
मुख़ चूमूं तो रस का भांडा।
ऐ सखी साजन ना सखी गांडा॥

(59) गांडा — ईख की गंडेरी।

(60)

बैसाख में मेरे ढिग आवत।
मोको नंगी सेज पर डारत॥
ना सोवे ना सोवन देत अधरमी।
ऐ सखी साजन ना सखी गरमी॥

(61)

चढ़ छाती मोको लचकावत।
धोय हाथ मोपर चढ़ि आवत॥
सरम लगत देखत सब नारी।
ऐ सखी साजन ना सखी गगरी॥

(62)

धमक चढ़े सुध-बुध बिसरावे।
दाबत जांघ बहुत सुख पावे॥
अति बलवंत दिनन का थोड़ा।
ऐ सखी साजन ना सखी घोड़ा॥

(63)

हुमक हुमक पकड़े मेरी छाती।
हंस हंस मैं वा खेल खेलाती॥
चौंक पड़ी जो पायो खड़का।
ऐ सखी साजन ना सखी लड़का॥

(64)

जब मांगू तब जल भर लावे।
मेरे मन की बिपत बुझावे॥
मन का भारी तन का छोटा।
ऐ सखी साजन ना सखी लोटा॥

(65)

उठा दोनों टांगन बिच डाला।
नाप तौल में देखा भाला॥
मोल तोल में है वह महंगा।
ऐ सखी साजन ना सखी लहंगा॥

(66)

जब मोरे मंदिर में आवे।
सोते मुझको आन जगावे॥
पढ़त फिरत वह बिरह के अच्छर।
ऐ सखी साजन ना सखी मच्छर॥

(67)

बेर बेर सोवतहिं जगावे।
ना जागूं तो कांटे खावे॥
व्याकुल हुई मैं हक्की बक्की।
ऐ सखी साजन ना सखी मक्खी॥

(68)

देखत के दो घड़ी उजियारी।
सब संगर से आती प्यारी॥
सगरी रैन मैं संग ले सोती।
ऐ सखी साजन ना सखी मोती॥

(69)

नीला कंठ और पहिरे हरा।
सीस मुकुट नाचे वह खड़ा॥
देखत घटा अलापै चोर।
ऐ सखी साजन ना सखी मोर॥

(70)

आठ पहर मेरे ढिग रहे।
मीठी प्यारी बातें करे॥
स्याम बरन और राती नैना।
ऐ सखी साजन ना सखी मैना॥

(71)

उमड़ घुमड़ कर वह जो आया।
अंदर मैंने पलंग बिछाया॥
मेरा वाका लागा नेह।
ऐ सखी साजन ना सखी मेह॥

(72)

अपने आए देत जमाना।
है सोते को यहां जगाना॥
रंग रस का फाग मचाया।
आप भिजे औ मोहिं भिजाया॥
वाको कौन न चाहे नेह।
ऐ सखी साजन ना सखी मेंह॥

(73)

मुख मेरा चूमत दिन रात।
होंठें लगत कहत नहीं बात॥
जासे मेरी जगत में पत।
ऐ सखी साजन ना सखी नथ॥

(74)

सरब सलोना सब गुननी का।
वा बिन सब जग लागै फीका॥
वाके सर पर होवे कोन।
ऐ सखी साजन ना सखी नोन॥

(75)

हालत झूमत नीको लागै।
अपने ऊपर मोहिं चढ़ावै॥
मैं वाकी वह मेरा साथी।
ऐ सखी साजन ना सखी हाथी॥

(76)

एक तो है वह देह का भारू।
छोटे नैन सदा मतवारू॥
वह पीउ मेरे सेज का साथी।
ऐ सखी साजन ना सखी हाथी॥

(77)

सगरी रैन छतिअन पर राखा।
रंग रूप सब वाका चाखा॥
भोर भई जब दिया उतार।
ऐ सखी साजन ना सखी हार॥

(78)

अंगों मेरे लपटा आवे।
वाका खेल मोरे मन भावे॥
कर गहि कुच गहि गहे मोरि माला।
ऐ सखी साजन ना सखी बाला॥

(79)

एक साजन मोरा मन ले जावे।
मुख चूमे और बात बनावे॥
होंठन लाग सही रस खैंचा।
ऐ सखी साजन ना सखी नैचा॥

दो सख़ुना हिन्दी

(1)

रोटी जली क्यों, घोड़ा अड़ा क्यों, पान सड़ा क्यों?

उत्तर — फेरा न था

(2)

अनार क्यों न चक्खा, वज़ीर क्यों न रखा?

उत्तर — दाना न था

(3)

गोश्त क्यों न खाया, डोम क्यों न गाया?

उत्तर — गला न था

(4)

गढ़ी क्यों छिनी, रोटी क्यों मांगी?

उत्तर — खाई न थी।

---

(2) फ़ारसी में दाना का अर्थ बुद्धिमान है।

(5) उर्दू में तला या तल्ला एक-सा लिखा जाता है।

(5)

संबोसा क्यों न खाया, जूता क्यों न चढ़ाया?

उत्तर — तला न था

(6)

ककड़ी क्यों छोटी, लकड़ी क्यों टूटी?

उत्तर — बोदी थी

(7)

राजा प्यासा क्यों, गदहा उदासा क्यों?

उत्तर — लोटा न था

(8)

खिचड़ी क्यों न पकाई, कबूतरी क्यों न उड़ाई?

उत्तर — छड़ी न थी

(9)

पोस्ती क्यों रोया, चौकीदार क्यों सोया?

उत्तर — अमल न था

(10)

जोगी क्यों भागा, ढोलक क्यों न बाजी?

उत्तर — मढ़ी न थी

(11)

दही क्यों न जमा, नौकर क्यों न रखा?

उत्तर — जामिन न था

---

(9) अमल — नशा; काम अर्थात पहरे का समय।

(11) जामिन — (फा.) दूध में जिसे डालकर दही जमाते हैं; ज़मानतदार।

(12)

सितार क्यों न बजा, औरत क्यों न नहाई?

उत्तर — परदा न था

(13)

क्यारी क्यों न बनाई, डोमनी क्यों न गाई?

उत्तर — बेल न थी

(14)

पानी क्यों न भरा, हार क्यों न पहना?

उत्तर — गढ़ा न था

(15)

दरबार क्यों न गए, ज़मीन पर क्यों न बैठे?

उत्तर — चौकी न थी

(16)

दीवार क्यों टूटी, राह क्यों लूटी?

उत्तर — राज न था

(17)

खाना क्यों न खाया, जामा क्यों न धुलवाया?

उत्तर — मेल न था

---

(12) परदा — आड़, सितार में बेड़ा धातु का मोटा तार जो तांत से बांधा जाता है।

(13) बेल — (फा.) फावड़ा; कुदाल (हि.) एक बाजा।

(14) गढ़ा — (गर्त का अपभ्रंश) गड्ढा; (गढ़ना से) बनाया।

(17) मेल — (फ़ारसी) इच्छा, रुचि। उर्दू में मेल और मैल एक प्रकार लिखा जाता है।

(18)

जोरू क्यों मारी, ईख क्यों उजाड़ी?

उत्तर — रस न था

(19)

रोटी क्यों सूखी, बस्ती क्यों उजड़ी?

उत्तर — खाई न थी

(20)

घर क्यों अंधियारा, फ़क़ीर क्यों बिड़ारा?

उत्तर — दिया न था

निसबतें अर्थात सम्बन्ध, बराबरी

(1)

हलवाई और बजाज़ में क्या निसबत है?

उत्तर — कंदा

(2)

गोटे और आफ़ताब में क्या निसबत है!

उत्तर — किरन

(3)

घोड़े और बजाज़ में क्या निसबत है?

उत्तर — थान, जीन

(4)

घोड़े और हरफ़ों में क्या निसबत है?

उत्तर — नुक़ता

---

(2) कंद — का फ़ारसी में अर्थ चीनी है और कपड़ों पर चमक के लिए कुंदा कराया जाता है।

(4) घोड़े की मुहेंड़ी का वह भाग जो उसके नथुने के बीच में रहता है नुक़ता कहलाता है। कभी-कभी यह शब्द कुल मेहेंड़ी के लिए भी प्रयोग किया जाता है। नुक़ता बिन्दियों को भी कहते हैं, जो फ़ारसी अक्षरों पर दिए जाते हैं। एक निसबत या बराबरी दोनों में और है, क्योंकि घोड़े के कुल साज़ को भी लाम कहते हैं, जो फ़ारसी का एक अक्षर भी है।

(5)

जानवर और बन्दूक़ में क्या निसबत है?

उत्तर — मक्खी, घोड़ा, तोता, कुत्ता

(6)

बन्दूक़ और कुएं में क्या निसबत है?

उत्तर — कोठी

(7)

बजाज़ और फल में क्या निसबत है?

उत्तर — कमरख

(8)

आम या शलजम और कपड़े में क्या निसबत है?

उत्तर — जाली

(9)

गहने और दरख़्त में क्या निसबत है?

उत्तर — पत्ता

(10)

आम और ज़ेवर में क्या निसबत है?

उत्तर — कीरी

---

(7) किमरिख एक कपड़ा है, जिसे अब लंकिलाट या लौंग क्लॉथ कहते हैं।

(10) कैरी और कीरी उर्दू में एक-सा लिखा जाता है। कैरी उस आम को कहते हैं, जिस पर पत्ते का दाग़ लगने से कुछ भाग काला हो जाता है। इस प्रकार के आम को कोयल पद्दा आम भी कहते हैं। उदाहरण शेर —

कैरी छिपेगी कब तक पत्तों के आड़ में।
आख़िर को आम होकर बिकेगी बज़ार में।

कीरी एक गहने का नाम है जो हाथ में पहना जाता है और पंजाब में उसका रिवाज है।

(11)

मकान और अनाज में क्या निसबत है?

उत्तर — कंगनी

(12)

दयार और गहने में क्या निसबत है?

उत्तर — मगर

(13)

मकान और पायजामे में क्या निसबत है?

उत्तर — मोरी

(14)

कपड़े और दरिया में क्या निसबत है?

उत्तर — पाट

(15)

अंगरखे और पेड़ में क्या निसबत है?

उत्तर — कलियां

(16)

आदमी और गेहूं में क्या निसबत है?

उत्तर — बाल

---

(11) अन्न में ककुनी और मालकगनी होती है। मकान में गोल खम्भे के ऊपर और नीचे जो उसी में निकला हुआ पतला छज्जेदार गोला चारों ओर रहता है, उसे कंगनी कहते हैं। मन्दिर के नुकीले भाग में जिस पर कलश रखा जाता है, एक पत्थर का गोला रहता है जिसे आंवला कहते हैं। यह जिस भाग पर जमाया जाता है, उस पत्थर के चौकोर टुकड़े को भी कंगनी कहते हैं। छज्जे के नीचे के गोले को कंगनी कहते हैं।

(12) मगर-मुख के कड़े आदि गहने बनते हैं।

(17)

बादशाह और मुर्ग़ में क्या निसबत है?

उत्तर — ताज

(18)

मुश्क और आदमी में क्या निसबत है?

उत्तर — दहां

(19)

दामन और अंगरखे में क्या निसबत है?

उत्तर — पर्दा

---

(18) मुश्क का अर्थ ख़ुसरो ने केवल कस्तूरी नहीं लिया है, वह मृग लिया है, जिससे कस्तूरी निकलती है। फ़ारसी में दहां शब्द का अर्थ मुख है, पर प्रकार के शारीरिक अवयवों की समानता मृग और मनुष्य में बहुत-सी बतलाई जा सकती हैं। मुश्क अर्थात मृगमद और आदमी में नाभि की समानता ठीक जान पड़ती है।

दो सख़ुना फ़ारसी और हिन्दी

(1)

सौदागर बचः रा चे मी बायद, बूचे को क्या चाहिए?

उत्तर — दोकान

(2)

कूवते रूह चीस्त, प्यारी को कब देखिए?

उत्तर — सदा

(3)

बार बर्दारी रा चे मी बायद, कलावंत को क्या कहिए?

उत्तर — गाओ

(4)

तिश्नः राचे मी बायद, मिलाप को क्या चाहिए?

उत्तर — चाह

---

(1) व्यापारी को क्या चाहिए? बूचा उसे कहते हैं जिसके कान कटे हुए हैं। उर्दू में दूकान और दोकान एक तरह लिखा जाता है।

(2) प्राण का बल क्या है? फ़ारसी में सदा का अर्थ आवाज़ शब्द है और हिन्दी में सर्वदा है।

(3) बोझ ढोने को क्या चाहिए? उर्दू में गाओ और गाव एक प्रकार लिखा जाता है। फ़ारसी में गाव का अर्थ बैल है।

(4) प्यासे को क्या चाहिए? फ़ारसी में चाह का अर्थ कूंवा है और हिन्दी में प्रेम है।

(5)

शिकारी रा चे मी बायद, मुसाफ़िर को क्या चाहिए?

उत्तर — दाम

(6)

शिकार बेह चे मी बायद कर्द, क़ूवते मग़ज़ को क्या चाहिए?

उत्तर — बादाम

(7)

दुआ चे तौर मुस्तजाब शबद, लश्कर में कौन बैठे?

उत्तर — बाज़ारी

(8)

कोह चे भी दारद, मुसाफ़िर को क्या चाहिए?

उत्तर — संग

(9)

दर जहन्नुम चीस्त, कामी को क्या चाहिए?

उत्तर — नार

(10)

अज़ ख़ुदा चे बायद तलबीद, बिरहिन की क्या मिनती?

उत्तर — काम

---

(5) व्याधे को क्या चाहिए? दाम का अर्थ जाल, मूल्य, मुसलमानी समय का एक सिक्का आदि है।

(6) अच्छा शिकार कैसे करना चाहिए? बादाम का अर्थ फ़ारसी में जाल से है और बादाम एक मेवा है, जो मस्तिष्क के लिए बड़ा लाभदायक है।

(7) प्रार्थना किस प्रकार मान्य होती है? फ़ारसी में बाज़ारी का अर्थ नम्रता से और बाज़ार वाले हैं।

(8) पर्वत में क्या है? संग का अर्थ पत्थर और साथ है।

(9) नरक में क्या है? नार का अर्थ आग और स्त्री दोनों हैं।

(10) ख़ुदा से क्या मांगना चाहिए? काम का अर्थ कामना और सम्भोगेच्छा है।

(11)

दर आईनः चे मी बीनद, दुखिया को क्या न कहिए?

उत्तर — रो

(12)

माशूक़ रा चे मी बायद कर्द, हिन्दुओं का रख कौन है?

उत्तर — राम

(11) आईना में क्या दीखता है? फ़ारसी में रू का अर्थ मुख है, और यह और रो अर्थात रोना उर्दू में एक प्रकार लिखा जाता है।

(12) माशूक़ को क्या करना चाहिए? राम शब्द का फ़ारसी में अर्थ आज्ञाकारी है।

अनमेलिय या ढकोसला

(1)

खादों पच्की पीपली, झड़ झड़ पड़े कपास।
बी मेहतरानी दाल पकाओगी या नंगा सो रहूं॥

(2)

कोठी भरी कुल्हाड़ियां, तू हरीरा करके पी।
बहुत ताउल है तो छप्पर से मुंह पोंछ॥

(3)

पीपल पकी पगोलियां, झड़ झड़ पड़े हैं बैर।
सर में लगा खटाक से, वाह बे तेरी मिठास॥

(4)

भैंस चढ़ी बिटोरी और लप लप गूलर खाय।
उतर आ मेरे रांड की, कहीं हूपज़ ना फट जाय॥

(5)

भैंस चढ़ी बबूल पर और लप लप गूलर खाय।
दुम उठाकर देखा तो पूरनमासी के तीन दिन॥

---

(2) हरीरा एक प्रकार का खाना है, जिसमें खटास और मिठास दोनों मिला रहता है। ताउल का अर्थ तिनका है।

(5) हि. से पाठा. 'भैंस चढ़ी बबूल पर, गप गप गूलर खाय। दुभ उठाय के देखा तो ईद के तीन दिन॥

(6)

गोरी के नैना ऐसे बढ़े जैसे बैल के सींग॥

(7)

खीर पकाई जतन से और चरखा दिया जलाय॥
आया कुत्ता खा गया, तू बैठी ढोल बजाय॥
ला पानी पिला॥

(8)

औरों की चौपहरी बाजे, चम्पू की अठपहरी।
बाहर का कोई आए नाहीं, आए सारे सहरी॥
साफ़ सूफ कर आगे राखे, जामें नाहीं तूसल।
औरों के जहां सींक समाए, चम्पू के वां मूसल॥

---

(7) एक कुएं पर चार पनिहारियां पानी भर रही थीं। ख़ुसरो को राह चलते प्यास लगी तो जाकर एक से पानी मांगा। उनमें से एक इन्हें पहचानती थी, जिसने सबसे कहा कि यह ख़ुसरो है जो पहेली, मुकरी कहता है। उनमें से एक ने इनसे कहा कि मुझे खीर की बात कहो। दूसरी ने चरखे का, तीसरी ने ढोल का और चौथी ने कुत्ते का नाम लिया। इधर इनका प्यास से दम निकला जाता था, पर कौन सुनता था, तब इन्होंने यह ढकोसला पढ़कर पानी पिया। (आ., ह., ज.)

बसन्त और फुटकर पद्य

(1)

हज़रत ख़ाजा संग खेलिए धमाल
बाइस ख़ाजा मिल बन बन आयो तामें।
हज़रत रसूल साहब जमाल
हज़रत...
अरब यार तेरो बसंत बनायो
सदा रखिए लाल गुलाल
हज़रत...

(2)

मोरा जोबना नवेल रा भयो है गुलाल
कैसे घर दीनी बकस मोरी माल॥
नज़ामदीन औलिया को कोई समझाए।
जों जों मनाऊं वह तो रूसा ही जाए॥
मोरा जोबना...
चूड़ियां फोड़ूं पलंग पर डारूं
इस चोली को दूंगी मैं आग लगाए॥
कैसे घर...

सूनी सेज डरावन लागै,
बिरहा अगिन
मोहें इस डस जाए।
मोरा जोबना नवेल रा भयो है गुलाल ॥

(3)

ऐ सरवंता मबा — मोरी ला — सब बना।
खेलत धमाल ख़ाजा मुइनुद्दीन और ख़ाजा कुतुबुद्दीन ॥
शेख़ फ़रीद शकरगंज सुल्तान मशायख नसीरुद्दीन
औलिया ॥ ऐ सरबंता मबा...

(4)

दइया री मोहे भिजोया री
शाह निज़ाम के रंग में
कपड़े रंगने से कुछ ना होत है
या रंग में मैंने तन को डुबाया री
दइ आ री मोहे...
वाही के रंग से सुन बे शोख़ रंग
ख़ूब ही मल मल के धोया री
पीर निज़ाम के रंग में भिजोया री ॥

(5)

औलिया तेरे दामन लागी।
पढ़ियो मेरे ललना। औलिया...
ख़ाजा हसन को मैं मुजरे मिली।
ख़ाजा कुतुबुद्दीन। औलिया...

(6) सावन का गीत

अम्मा मेरे बाबा को भेजो जी कि सावन आया।
बेटी तेरा बाबा तो बुड्ढा री कि सावन आया।
अम्मा मेरे भाई को भेजो जी कि सावन आया।
बेटी तेरा भाई तो बाला री कि सावन आया।
अम्मा मेरे मामूं को भेजो जी कि सावन आया।
बेटी तेरा मामूं तो बांका री कि सावन आया।

(7) दोहा

ख़ुसरू रैन सोहाग की, जागी पी के संग॥
तन मेरो मन पीउ को, दोऊ भए एक रंग॥

(8) दोहा

गोरी सोवे सेज पर, मुख पर डारे केस॥
चल ख़ुसरो घर आपने, रैन भई चहुं देस॥

(6) आ., ज., ह., (हि. में केवल इतना पाठान्तर है कि बाबा के स्थान पर बाबल और जी के स्थान पर री है।)
(7) वह दोहा कब और कैसे बना इसका वर्णन ख़ुसरो के जीवन-चरित्र में आ चुका है।

(9)

जे हाल मिसकीं मकुन तग़ाफुल[1] दुराय नैना बनाए बतियां।
कि ताबे हिज्रां न दारम ऐ जां[2] न लेहु काहे लगाए छतियां॥
शबान हिज्रां न दारज़ चूं ज़ुल्फ़ व रोजे वसलत चू उम्र कोताह[3]
सखी पिया को जो मैं न देखूं तो कैसे काटूं अंधेरी रतियां॥
यकायक अज़ दिल दो चश्मे जादू बसद फ़रेबम बेबुर्द तसकी[4]।
किसे पड़ी है जो जा सुनावे पिआरे पी को हमारी बतियां॥
चु शमअः सोज़ां चु ज़र्रः हैरां हमेशाः गिरियां बइश्क आं मेह[5]॥
न नींद नैना न अंग चैना न आप आवै न भेजे पतियां॥
बहक्क रोज़े वसाल दिल्बर कि दाद मा रा फरेब ख़ुसरू[6]।
स पीत मन की दुराए रांखूं जो जाने पाऊं पिया की घतियां[7]॥

(10) आंख का नुसखा

लोध फिटकिरी मुर्दासंख। हल्दी जीरा एक एक टंक॥
अफ़यून चना भर मिर्चे चार। उरद बराबर थोथा डार॥
पोस्त के पानी पुटली करे। तुरत पीड़ नैनों की हरे॥

(11) दोहा (उपनाम रहित)

श्याम सेत गोरी लिये, जनमत भई अनीत।
एक पल में फिर जात हैं, जोगी काके मीत॥

---

(9) 1. इस ग़रीब की दशा को मत भुलाओ। 2. ऐ प्यारे अब विरह नहीं सह सकती। 3. तेरे बालों के समान विरह की रातें बड़ी और अवस्था के समान मिलने के दिन छोटे हैं। 4. एकाएक इन दोनों जादू-भरी आंखों ने सैकड़ों बहाने से मेरे धैर्य को छुड़ा दिया। आ. ह. और हि. में यही पाठ है पर ज. में 'बसद ख़राबेम सब्रो तसकीं है।' 5. उस प्यारे के प्रेम में दीप की तरह जलती हुई, जर्रे (धूल के कण जो सूर्य की किरण में चमकते और घूमते-फिरते दिखलाते हैं) की तरह घबड़ाती हुई और सर्वदा रोती हुई। आ. ह. हि. पाठान्तर — चू शमअः सोजां चू ज़र्र हेरां जे मेह आं मेह बगश्तम आख़िर। 6. ए ख़ुसरू, प्यारे से मिलने के दिन मुझे धोखा दिया गया। 7. पाठा. — हि. में — लुभाय राखूं तू सुन ए साजन जो कहने पाऊं दो बोल बतियां। पर जो दिया गया है वह (आ. ह. ज.) तीनों में हैं।

ख़ुसरो की फ़ारसी ग़ज़लें

(हिन्दी अर्थ सहित)

फ़ारसी

हर शबम जां बर लब आयद
नास ए ज़ार आवरद।
ताकुदा भी बाद-बूए जां जफाकार
आवुरद
रफ्त आं शौख ओ दिल-ए-खूं
गश्ता रा बाख़ुद बिबुर्द
आकिबत रोज़ी हमां खुवश
गिरिफ़्तार आवुरद
दोसतान मन नय हवस दारम
बिनासीदिन वले
दर्द चूं दर सीना बाशद
ताला रा ज़ार आबुरद
जीं दिले ख़ुद काम कारे
मन ब रुसवाई कशीद
खुसरबा! फरमाने दिल बुर्दन
हमीं बार आबुरद

हिन्दी

हर रात जान होंठों पर आती है
और दिल से आहे निकल जाती हैं।
ये हवाएं कब तक उस ज़ुल्मी की
गंध मुझ तक पहुंचाती रहेंगी?
वह नटखट चला गया और
संग-संग ले गया मेरा घायल मन।
इक दिन ऐसा आएगा जब इसी
घायल मन का रक्त उसे थाम लाएगा।
मुझे रोने का कोई चाव नहीं यारो
पर बोलो मैं क्या करूं यारो?
जब जिगर में पीर उठती है
निकल पड़ती है इक आह-सी दिल से।
इस स्वार्थी मन ने मेरे प्यार को
पहुंचा दिया है बदनामी तक।
यही परिणाम होता है रे ख़ुसरो
मन की बातें मान लेने का।

फ़ारसी

ज़ इश्क़त बे क़राराम
बा के गोयम
ज़ हिजरत ख्वार-ओ-जारम
बा के गोयम
न भी मुरसी
ज़ अहवालम कि चुनी
परेशां रोज़गारम
बा के गोयम?
हमीं ख्वाहम बिधिरिस्तम सलामें
चूंपक मुहरम न दारग
बा के गोयम?
दिल बुर्दी ग़म कारम न खुर्दी
खराबस्त रोज़गारम
बा के गोयम?
नदारद जुज़ तमन्नाए
तो ख़ुसरो
जमालत दोस्त दारम
बा के गोयम?

हिन्दी

प्यार की पीर से बेकल हूं
मैं किससे कहूं?
मर रहा हूं तेरे वियोग में
मैं किससे कहूं?
कभी इतना भी न पूछा
कि कैसे हो तुम?
दिन-रात रहता हूं परेशान
मैं किससे कहूं?
जी चाहता है कि मैं तुझे भेजूं सलाम
पर कोई नहीं हमराज़ मेरा
मैं किससे कहूं?
मन ले गए तुम, मेरा कुछ भी न
सोचा तुमने!
उजड़ गया संसार मेरा
मैं किससे कहूं?
ख़ुसरो को सिवा तेरे
है चाह नहीं किसी की
तेरी सुन्दरता की चाह मुझे
मैं किससे कहूं?

फ़ारसी

लबालब कुन कदह, साक़ी कि मस्तम
बमय दिह ज़ुमलगी असबाब हसाम
मराकुन सुर्ख़रू अज़ ज़ुर-ए-ख़्वांश
चिमी रानी कि पेश ख़ाक पस्तम
अगर असहाब-ए-इशरत में पारस्तंद
बियासकी कि मन साक़ी परस्तम
मरा गोयन्द दर मस्ती चि दीदी
कि मीगोई दिलंदर बादा बस्तम

तआला-अल्लाह
अगीं बहतर चिं बाशद?
कि अज़ नंग-ए-उजूद-ए-ख़ुद
बिरुस्तम
मरा गोई कि अज़ कस बाज़ मस्ती
अज़ आ रोज़ कि बा ख़ुसरो निशिस्तम

हिन्दी

साक़ी मदिरा छलक पड़ी छाई मस्ती
साधन मेरे जीवन के तू आज डुबा दे इसमें।
हाथ में देकर जाम तू दे दे मान मुझे
आवाज़ न दे मुझको मैं तो पहले ही बदनाम बहुत हूं
मित्र सारे मीत हैं कि ऐश्वर्य के
मैं तेरी पूजा करूंगा, पास आ साक़ी!
मित्र कहते हैं कि मद में कुछ नहीं
पर मैंने मदिरा को कलेजे से लगाया
भगवान की सौगन्ध है
इस मद से अच्छा कुछ नहीं है
जिसने छुटकारा दिलाया
सब दुखों से
पूछते हो मुझको यह लत है पड़ी कब से?
जब से ख़ुसरो का मिला है संग, तब से।

फ़ारसी

जो जे तन बुर्दी व दर्जानी हनोज़
दर्दहा दादी व दमीनी होज़
आशकारा सीनाअम विशगाफ्ती
हम चुना दरसीना पिनहानी हनोज़
मुल्के दिल करदी ख़राब अज़ तेगे-नाज़
बंदरीं वीराना सुलतानी हनोज़
हर दो आलम क़ीमते ख़ुद गुफ्तई
निर्ख बालाकुन कि अजीनी हनोज़
जां जे बंदे-कालबद आज़ाद गश्त
दिल बगेसुए-तो जिंदानी हनोज़
पीरी ओ शाहिद-परस्ती नाखुस्त,
खुसरवा ताके परीशानी हनोज़

हिन्दी

ले गए तुम प्राण मेरे, प्राण में तुम ही तो हो,
प्राण को पीर, पर उपचार भी तुम ही तो हो।
चीर डाला वक्ष मेरा तुमने सबके सामने
पर वक्ष में जो है छिपा, तुम ही तो हो।
मन की नगरी नष्ट कर डाली नयन के खड्ग से
इन खंडरों में राज किसका, तुम ही तो हो!
तुमने अपना मोल बोला भी तो क्या बस दो जहां
यह तो बहुत ही कम, बढ़ाओ और इसको
मन हुआ उन्मुक्त तन के बंधनों से, पर अभी
तक अलग बंधन में बंधा जिसकी, तुम ही तो हो।
ढली उमर में प्यार भला क्या शोभा देता है
कब तक उलझन झेलोगे ये, तुम्हीं कहो!

फ़ारसी

मा कि दर नाहे ग़म क़दमज़दा ईम
बरख़ते आफियत क़लमज़दाईम
मा ब तूफ़ाने इश्क़ गर्का शुदीम
बर सरे नुह फलक क़लमज़दा ईम
क़दमे को बराहे इश्क़ शिताफ्त
दीदाबार राहे आं क़दम ज़दाईम
चूंकि अंदर वजूद नस्त सबात
दस्तदर नामा-ए-अदम ज़दाईम
अज़ सरे नीस्ती चु सुलतानी
हस्ती-ए-हरदो कौन कद ज़दाईस

हिन्दी

प्यार के रास्ते को पकड़ते ही मैंने
सुखों की डगरिया को छोड़ दिया है।
डूबकर प्यार की बाढ़ में प्यारे मैंने
नौवें आकाश का सिरा थाम लिया है
नेह-डग पर जो पग उसकी राहों में मैंने
पलकों को अपनी बिछा दिया है।
होने का कुछ ठीक नहीं, इस कारण मैंने
अनहुआ बने रहना ही अब से ठान लिया है।
स्वामी हो तुम सब कुछ के, इससे मैंने
तुच्छ जगत को ना-कुछ ही सा मान लिया है।

फ़ारसी

आख़िर निगाहे दर हाल माकुन
दर्दे दिल भरा रोज़े दवाकुन
अज़ दस्ते-हिजरां मन दर बिलायम
या रब बफज़लत आंख दवाकुन
गुफ्ती बवसलत रोज़े नवाज़म
वक़्त अस्त जाना वाइदा वफ़ा कुन
मन दर फिराकत शोरीदा हालम
बाज़ आ, व रहमे बाहाल-ए-माकुम
सदरह नवीदम दादी बवसलत
उमीद-ए-मारा बारे बफ़ाकुन
अज़ खूबरूयां जश्ती नुमायद
इं जश्तरुई आख़िर रिहाकुन
दर इश्क़ ख़ुसरो दिलश चि क़ीमत
जान बरबारां पेश रा फनाकुल

हिन्दी

कभी इक नज़र तुम मुझ पर भी डालो
इस दर्दे-दिल की दवा ही कर डालो
जुदा होके तुम से जो हालत हुई है।
उस मार से मुझको तुम ही बचा लो,
तुमने कहा था उबारोगे इक दिन
समझ आ गया है वचन तो निभा लो।
नहीं रह सकूंगा मैं तेरे बिना अब तो
लौट आओ मुझ पर तरस कुछ तो खा लो।
सौ बार भेजी खबरिया है तुमने
इक बार तो ख़बर लेने भी आ लौ।
रूप-रस भौंरे हो, रूप नहीं मुझ में
बान छोड़ अपनी मुझे भी अपना लो।
प्रीत-हाट पे न मोल मन का है ख़ुसरो
चलो तो आज प्राण की बलि ही चढ़ा लो।

●●●

अनुक्रमणिका